MARY E. PEARSON

CRÔNICAS DE MORRIGHAN
A ORIGEM DO AMOR
DARKSIDE

TRADUÇÃO
ANA DEATH DUARTE

CRÔNICAS DE MORRIGHAN

Queridos leitores brasileiros,

A história de Morrighan ficou se revirando em minha mente desde o momento em que escrevi o primeiro livro das Crônicas de Amor e Ódio. Lendas floresceram ao redor da mulher que carregava o nome do primeiro e maior reino do continente — mas quem era a verdadeira garota que cresceu à sombra da Devastação que dizimou as nações antes existentes? Qual era a sua verdadeira história?

Como vimos nas Crônicas de Amor e Ódio, as histórias que vivemos não são sempre o que parecem — elas podem se distorcer com o tempo, as perspectivas e as releituras. Eu sabia que havia mais na história de Morrighan do que Lia ou qualquer pessoa poderia imaginar, e essa foi a minha questão: há algumas coisas que nunca saberemos sobre as pessoas que vieram antes de nós. Algumas histórias se perdem para sempre.

Enquanto escrevia os outros livros da série, fiquei cada vez mais fascinada com a menina Morrighan, aquela que possuía o dom e corajosamente liderou os Remanescentes para uma nova terra. Uma história dizia que ela se entregou feliz ao casamento. Outra dizia que ela foi roubada e vendida por um saco de grãos. Qual era a verdadeira versão? E se eu pudesse dar aos leitores um vislumbre de dentro do coração dela?

MARY E. PEARSON

Fiquei empolgada quando recebi a oportunidade de fazer isso e falar sobre quem Morrighan realmente era — uma menina de carne e osso com sonhos e medos, e não apenas uma lenda. E então, ao dar voz à Morrighan, conheci Jafir. A história dos dois se apoderou de mim de um modo inesperado. O que era para ser um pequeno conto tornou-se uma novela, porque esses dois personagens roubaram meu coração. Esta é, provavelmente, a minha crônica favorita.

Desde o momento em que a série foi publicada pela DarkSide® Books, fiquei sem fôlego e me senti incrivelmente grata a vocês, meus leitores brasileiros, pelo entusiasmo desenfreado. Vocês abraçaram Lia e os demais personagens de uma maneira incrível e embarcaram comigo nesta louca jornada. Vocês, leitores mais queridos, tornaram possível este livro que descansa em suas mãos, e eu gostaria de poder abraçar cada um de vocês.

Então, aqui vamos nós de novo. Estou muito feliz por poder compartilhar a história de Morrighan e Jafir — uma história perdida no tempo, mas revelada a você. Obrigada por compartilharem mais uma viagem comigo.

Paviamma,

Mary E. Pearson
primavera de 2017

Antes que fronteiras tivessem sido traçadas,
antes que tratados fossem assinados, antes
que guerras fossem travadas novamente, antes
que os grandes reinos dos Remanescentes
tivessem até mesmo nascido, e o mundo era
apenas uma vaga placa de memórias contadas
em histórias e lendas, uma menina e sua
família lutavam para sobreviver.
E o nome daquela menina era Morrighan.

Ela pede por outra história, uma história para passar o tempo e para nutri-la.

Busco a verdade, os detalhes de um mundo que ficou tão distante no passado, que não sei ao certo se algum dia existiu.

Era uma vez, há muito tempo,
Em uma era antes dos monstros
e demônios vagarem pela terra,
Em uma época em que as crianças
corriam livres nas campinas,
E frutos pesados pendiam de árvores,
Havia cidades, grandes e belas, com torres
reluzentes que tocavam o céu.
Será que elas eram feitas de magia?

Eu mesma não passava de uma criança. Eu achava que elas podiam conter um mundo inteiro. Para mim, eram feitas de...

Sim, elas eram feitas de magia,
e de luz, e dos sonhos dos deuses.
E havia uma princesa?

Eu sorrio.

Sim, minha criança, uma princesa preciosa tal
como você. A princesa tinha um jardim cheio de
árvores das quais pendiam frutos tão grandes
quanto o punho fechado de um homem.

A criança olha para mim, com ares de dúvida.

Ela nunca havia visto uma maçã, mas vira os punhos fechados dos homens.

Existem realmente tais jardins, Ama?

Não mais.

Sim, minha criança, em algum lugar.
E um dia você os haverá de encontrar.

— Os Últimos Testemunhos de Gaudrel

Capítulo 01
A ORIGEM DO AMOR

Morrighan

u estava com oito anos de idade na primeira vez em que o vi. Naquele momento aterrorizante, eu tive certeza de que estava prestes a morrer. Ele era um abutre, e eu nunca havia chegado assim tão perto de um deles antes. Sozinha. Eu não tinha algo com o que me defender a não ser umas poucas pedras que havia perto de meus pés, e eu estava tomada demais pelo medo para me abaixar e pegá-las. Um punhado de pedras teria me servido muito pouco, de qualquer forma. Eu vi a faca embainhada na lateral do corpo dele.

Ele estava parado, de pé em cima de um penedo, olhando para baixo com curiosidade, analisando-me. Com o peito desnudo, cabelos bravios e cheios de nós, ele era tudo de selvagem sobre o que haviam me avisado, mesmo que ele próprio não passasse de uma criança. Seu peito era estreito e dava facilmente para contar suas costelas.

Eu ouvi o distante trovejar de cascos, e o medo vibrava em mim. Mais deles estavam vindo, e não havia para onde correr. Eu estava presa, acovardando-me entre dois penedos em uma escura fissura abaixo dele. Eu não respirava. Não me mexia. Eu não conseguia sequer desviar meu olhar do dele. Eu era plena e totalmente uma presa, um coelho silencioso que foi caçado e encurralado com eficácia. Eu ia morrer. Ele olhou para o saco de sementes que eu tinha passado a manhã coletando. Na minha pressa e no meu terror, eu havia deixado o saco cair, e as sementes haviam se espalhado entre os penedos.

O olhar do menino voltou-se rapidamente para cima, e o clamor de cavalos e gritos encheu meus ouvidos.

"Você conseguiu alguma coisa?"

Uma voz alta. Aquela que a Ama odeia. Aquela sobre a qual ela e os outros sussurram. A voz daquele que roubou Venda.

"Eles espalharam-se. Eu não consegui alcançá-los", disse o menino.

Uma outra voz com repulsa. "E nada foi deixado para trás?"

O menino balançou a cabeça em negativa.

Houve mais gritos de descontentamento, e então o ribombo de cascos novamente. Indo embora. Eles estavam indo embora. O menino desceu do penedo onde ele estava e foi embora também, sem qualquer outro olhar de relance ou palavra dita a mim, com o rosto deliberadamente desviado, quase como se ele estivesse com vergonha.

Eu não o vi de novo por mais dois anos. Minha escapada por um triz havia injetado uma pesada dose de medo em mim, e eu não fiquei vagando para longe da tribo novamente. Pelo menos, não até um cálido dia de primavera. Parecia que os abutres tinham seguido em frente. Nós não tínhamos visto qualquer sinal deles desde a primeira geada do outono.

Mas ali estava ele, uma cabeça mais alto e tentando puxar tifas da minha lagoa predileta. Seus cabelos loiros haviam crescido e ficado mais selvagens; seus ombros, levemente mais largos; suas costelas, tão evidentes como sempre foram. Fiquei observando a frustração dele aumentar enquanto os talos das plantas que ele puxava quebravam-se uns atrás dos outros, e ele ficou com apenas inúteis pedaços dos caules nas mãos.

"Você é impaciente."

Ele girou, sacando sua faca.

Até mesmo com a tenra idade de dez anos, eu sabia que estava me arriscando ao me expor. Eu nem mesmo sabia ao certo por que eu tinha feito isso, especialmente por eu já ter visto os olhos dele antes. Selvagens e famintos, não havia qualquer sinal ali de que ele estava me reconhecendo. "Tire suas botas", falei. "Vou mostrar a você como se faz."

Ele esfaqueou o ar quando dei um passo mais para perto dele, mas eu me sentei e removi meus próprios sapatos de couro de bezerro, sem tirar os olhos dele em momento algum, achando que, no fim das contas, eu poderia precisar sair correndo.

Conforme o medo dele foi se esvaziando, o mesmo acontecia com a expressão em seu olhar selvagem e vítreo, e, por fim, o reconhecimento espalhou-se por sua face. Eu havia mudado mais do que ele em dois anos. Ele abaixou sua faca. "Você é a menina que estava entre os penedos."

Assenti e apontei para as botas dele. "Tire as botas. Você vai ter que andar na água se quiser pegar alguns cormos."

Ele sacou suas botas e me acompanhou, com água até os joelhos dentro da lagoa, os juncos surgindo entre nós. Eu disse a ele para sentir e tatear a lama com os dedos dos pés, para afundá-los no solo de modo a soltar o gordo tubérculo carnudo antes de puxá-lo. Os dedos dos nossos pés tinham de fazer muito do trabalho, assim como nossas mãos. Poucas palavras foram trocadas entre nós. O que teriam um abutre e uma filha dos Remanescentes para dizer um ao outro? Tudo que tínhamos em comum era a fome. Mas ele parecia entender que eu estava retribuindo seu ato de misericórdia de dois anos atrás.

No momento em que nos separamos, ele estava com um saco cheio de raízes carnudas.

"Esta é minha lagoa agora", disse ele com pungência enquanto amarrava o saco em sua sela. "Não venha até aqui de novo." Ele cuspiu no chão para enfatizar o que estava dizendo.

Eu sabia o que ele realmente estava querendo dizer. Que os outros agora viriam até aqui também. Que não seria seguro.

"Qual é o seu nome?", perguntei a ele enquanto ele montava em seu cavalo.

"Você não é nada!", ele me respondeu, como se tivesse ouvido uma pergunta diferente dos meus lábios. Ele assentou-se em sua sela e então, relutante, olhou na minha direção novamente. "Jafir de Aldrid", ele me respondeu.

"E eu sou..."

"Eu sei quem você é. Você é Morrighan."

Ele saiu no galope.

Passaram-se outros quatro anos antes que eu o visse novamente e, nesse tempo todo, eu me perguntava como ele sabia o meu nome.

CAPÍTULO 02
A ORIGEM DO AMOR

MORRIGHAN

arecia que sentir medo era algo que estava no meu sangue. Isso me mantinha sempre ciente das coisas, mas, até mesmo com meus dez anos de idade, eu estava cansada disso. Desde bem cedo eu sabia que nós éramos diferentes. Era isso o que nos ajudava a sobreviver. No entanto, isso também queria dizer que pouco se passava sem que os outros soubessem, até mesmo o que ficava oculto e não dito. Ama, Rhiann, Carys, Oni e Nedra eram mais fortes no saber. E Venda também, mas ela se fora agora. Nós não falávamos dela.

Ama pronunciou-se sem erguer o olhar de sua cesta de favos, com seus cabelos pretos e grisalhos puxados para trás e bem presos em uma trança. "Pata me disse que você deixou o acampamento enquanto eu estava fora."

"Apenas até a lagoa que fica atrás da muralha de pedra, Ama. Eu não fui longe."

"Isso é longe o bastante. Apenas um instante é necessário para que um abutre a pegue."

Nós havíamos tido essa conversa muitas vezes. Os abutres eram selvagens e impulsivos, ladrões e bárbaros que agiam como predadores em cima do trabalho dos outros. E às vezes eles eram assassinos também, dependendo de seus caprichos. Nós nos escondíamos nas colinas e nas ruínas, éramos silenciosos em nossas passadas, nossas vozes eram baixinhas, as muralhas de um mundo vazio nos proviam cobertura, e, onde as muralhas eram apenas pó, as altas gramas nos escondiam.

Mas às vezes nem mesmo isso era o bastante.

"Eu fui cuidadosa", sussurrei.

"O que a chamou até a lagoa?", ela quis saber.

Eu estava de mãos vazias... sem algo para mostrar como um motivo para a minha jornada. Tão logo Jafir havia saído em galope, eu tinha ido embora de lá. Eu não podia mentir para a Ama. Havia muitas perguntas nas pausas em suas palavras. Ela sabia.

"Eu vi um menino abutre lá. Ele estava arrancando tifas."

Ela voltou rapidamente os olhos para cima.

"Você não..."

"Ele era um menino chamado Jafir."

"Você sabe o nome dele? Você falou com ele?" Em um pulo, Ama ficou de pé, espalhando as favas em seu colo. Primeiramente ela me agarrou pelos ombros, depois ela levou meus cabelos para trás, examinando meu rosto. Suas mãos iam para cima e para baixo em meus braços, procurando por machucados. "Está tudo bem com você? Ele pôs a mão em você?" Os olhos dela estavam pungentes com o medo.

"Ama, ele não me fez nenhum mal", falei com firmeza, tentando afastar os medos dela. "Ele só me disse para não ir mais até a lagoa. Que é a lagoa dele agora. E então foi embora com um saco de cormos."

A expressão no rosto dela ficou endurecida. Eu sabia o que ela estava pensando... que eles tomam tudo... e era verdade. Eles faziam isso. Assim que nos assentássemos no lado mais afastado de um vale ou de uma campina, ou entre os abrigos abandonados, eles viriam para cima de nós, roubando e semeando o terror em seu caminho. Agora eu estava com raiva de mim mesma por ter mostrado a Jafir como soltar os tubérculos. Nada devíamos aos abutres quando eles haviam tomado tanto de nós.

"Sempre foi assim, Ama? Eles não deveriam fazer parte dos Remanescentes também?"

"Existem duas espécies que sobrevivem: aqueles que perseveram e aqueles que são predadores."

Ela analisou o horizonte, e seu peito ergueu-se em uma respiração cansada. "Venha me ajudar a coletar as favas. Amanhã nós partiremos para um novo vale. Um vale distante."

Não havia qualquer vale longe o bastante para os tipos deles. Eles brotavam tão livremente quanto carrapichos na grama da campina.

MARY E. PEARSON

Nedra, Oni e Pata murmuraram, descontentes, porém mais nada falaram. Elas submetiam-se à decisão de Ama porque ela era a mais velha e a chefe de nossa tribo, a única dentre nós que se lembrava de Antes. Além disso, nós estávamos acostumados a nos mudar e procurar por um vale pacífico e cheio de plenitude. Deveria haver um desses vales em algum lugar. Ama havia nos dito isso. Ela o tinha visto com seus próprios olhos quando era criança, antes que a fundação da terra fosse abalada e antes que as estrelas caíssem do céu. Em alguma parte tinha de haver um lugar onde estaríamos a salvo deles.

CAPÍTULO 03
A ORIGEM DO AMOR

JAFIR

u limpei o sangue que escorria de meu nariz. Eu sabia que não deveria sacar a minha faca... mas nem sempre eu seria uma cabeça mais baixo do que Steffan. Ele também parecia saber disso. O dorso de sua mão me atingia com menos frequência ultimamente.

"Você ficou fora o dia todo e só tem um saco de ervas daninhas como resultado?", disse ele, aos gritos.

Piers fumou de seu cachimbo, com o olhar fixo e exultante na cena desenrolada por Steffan. "Isso é mais do que estou vendo pendurado em suas mãos."

Os outros riram, na esperança de que o insulto fosse fazer aumentar a raiva de Steffan a ponto de gerar uma briga, mas ele apenas dispensou o comentário de Piers repulsivamente com a mão. "Não posso trazer um leitãozinho para casa todos os dias. Todos nós devemos contribuir com coisas dignas."

"Você roubou o porco. Cinco minutos de esforço", contra-atacou Piers.

"O que você quer dizer com isso, meu velho? Encheu sua barriga, não encheu?"

Liam soltou uma bufada. "Não encheu a minha. Você deveria ter roubado dois porcos."

Fergus jogou uma pedra, dizendo para que eles calassem a boca. Ele estava com fome.

Então as coisas eram assim todas as noites, com nosso acampamento sempre à beira de trocas de palavras acaloradas e socos, mas nossa força também vinha uns dos outros. Nós éramos fortes. Ninguém se opunha a nós, por medo das consequências. Nós tínhamos cavalos. Tínhamos armas. Nós havíamos feito por merecer o direito de matar os outros.

Laurida me chamou para perto dela com um aceno, e eu deixei meu saco cair no chão. Nós dois começamos a cortar os tenros cormos e depois a tirar as cascas dos talos mais duros. Eu sabia que ela ficaria satisfeita. Ela gostava de galhos verdes, gostava de fritá-los em banha de porco e de colocar os talos maiores na farinha. Pão era uma raridade para nós... a menos que fosse roubado também.

"Onde foi que você os encontrou?", perguntou-me Laurida.

Olhei alarmado para ela. "Onde encontrei o quê?"

"Isso", disse ela, segurando um punhado dos talos cortados. "Qual é o problema com você? O sol fritou o seu cérebro?"

Os talos. É claro. Era só disso que ela estava falando. "Em uma lagoa. Que diferença faz?", falei, irritado.

Ela me acertou na lateral da minha cabeça, e depois se inclinou mais para perto de mim, examinando meu nariz ensanguentado. "Ele vai quebrar seu nariz um dia desses", ela grunhiu. "É melhor assim. Você é bonito demais, de qualquer forma."

A lagoa já foi esquecida. Eu não podia contar a eles que a menina havia me encontrado na lagoa hoje, que ela havia me seguido e vindo para cima de mim sem que eu a notasse, e não o contrário. Eu sofreria mais do que com um nariz ensanguentado. Era vergonhoso ser pego de surpresa, especialmente por um deles. Cujos tipos eram idiotas. Lentos. Fracos. A menina tinha até mesmo revelado sua idiotice quando me mostrou como pegar a comida dela.

No dia seguinte, eu fui novamente até a lagoa, mas, dessa vez, eu me escondi atrás de algumas pedras, esperando que ela viesse. Depois de uma hora, eu andei em meio à grama na água para colher os talos, achando que isso poderia atraí-la para que aparecesse, o que não aconteceu. Talvez ela não fosse tão idiota quanto o resto. Talvez ela realmente houvesse dado ouvidos ao meu aviso. Sim, Jafir a havia assustado. Essa era minha lagoa agora. A lagoa de Jafir, para todo o sempre.

Enchi o meu saco com o que colhi e fui mais para longe ao sul, procurando pelo acampamento dela. Eles não tinham cavalos... nós havíamos nos certificado disso. Ela não teria como ficar longe da lagoa, mas não havia qualquer sinal dela.

"Morrighan", sussurrei, testando o sabor do nome dela em minha língua. "Mor-uh-gon."

MARY E. PEARSON

Harik não sabia nem mesmo o meu nome, ele me chamava de uma coisa diferente toda vez que nos visitava. Mas ele sabia o nome dela. Por que o maior guerreiro da Terra saberia o nome de uma menina magra e fraca? Especialmente de um deles.

Quando eu a encontrasse, eu faria com que ela me contasse. E então eu seguraria a minha faca junto à garganta dela até que ela chorasse e implorasse para que eu a soltasse. Exatamente como Fergus e Steffan fizeram com as pessoas da tribo que escondiam comida de nós.

Do topo de uma colina, eu olhei através dos vales, que estavam vazios, exceto pelo vento que ondeava um pouco a grama.

A menina se escondia bem. Eu não a encontrei de novo por mais quatro anos.

CAPÍTULO 04
A ORIGEM DO AMOR

MORRIGHAN

qui", disse Pata. "Este é um bom lugar."
Um caminho contorcido havia nos trazido até aqui, um caminho que não era fácil de ser seguido, uma trilha que eu havia ajudado a encontrar, com o saber enraizando-se em mim e ficando mais forte.

Ama olhou para o grupo de árvores. Ela olhou para o emaranhado de abrigos em potencial. Olhou para as colinas e para os penhascos rochosos que nos ocultavam da vista. Porém, na maior parte do tempo, eu a vi olhando para a tribo. Eles estavam cansados. Estavam famintos. Eles estavam de luto. Rhiann havia morrido nas mãos de um abutre quando ela se recusara a soltar um cabritinho que tinha nos braços.

Ama olhou para o pequeno vale e assentiu. Eu podia ouvir a batida do coração da tribo tão bem quanto ela. Seu ritmo estava fraco. Doía.

"Aqui", concordou Ama, e a tribo colocou suas trouxas no chão.

Eu analisei nosso novo lar, se é que poderíamos nos referir a ele assim. As estruturas eram perigosas, na maior parte feitas de madeira e em ruínas pela negligência, pela passagem de décadas e, é claro, por causa da grande tempestade. Elas cairiam a qualquer momento – a maior parte já havia caído —, mas nós poderíamos fazer nossos anexos com os restos. Poderíamos construir um lugar para ficarmos que poderia durar mais do que uns poucos dias. Estar de mudança era tudo que eu sempre havia conhecido, mas eu sabia que tinha existido um tempo em que as pessoas ficavam nos lugares, uma época em que se poderia pertencer a um lugar para sempre. Ama havia me dito isso, e às vezes eu mesma sonhava que estava lá. Eu sonhava que eu mesma estava em lugares que nunca tinha visto, com torres de vidro coroadas por nuvens, pomares que se estiravam pesados de frutos vermelhos, camas quentes e macias cercadas por janelas acortinadas.

Esses eram os lugares que Ama descrevia em suas histórias, lugares onde todas as crianças da tribo eram príncipes e princesas e suas barrigas estavam sempre cheias. Era o mundo do "era-uma-vez" que costumava existir.

No último mês, desde a morte de Rhiann, nós nunca tínhamos ficado em um mesmo lugar por mais de um ou dois dias. Bandos de abutres haviam nos feito sair correndo depois de pegarem nossa comida. O encontro com Rhiann tinha sido o pior. Desde então, nós vínhamos caminhando havia semanas, coletando pouca coisa ao longo do trajeto. O sul havia se provado não ser mais seguro do que o norte, e no leste Harik reinava, com alcance e regência que cresciam a cada dia que passava. Para o oeste, sobre as montanhas, a doença da tempestade ainda permanecia, e, além de lá, criaturas selvagens vagavam livremente. Como nós, elas eram famintas e pegavam como presas qualquer um que fosse tolo o bastante para andar por lá. Pelo menos foi isso que me disseram; ninguém que eu conhecia havia cruzado as montanhas sombrias. Nós estávamos cercados por todos os lados, sempre procurando por um cantinho escondido para nos assentarmos. Pelo menos nós tínhamos uns aos outros. Nós ficávamos cada vez mais juntos para preenchermos o buraco deixado por Rhiann.

E o buraco que Venda havia deixado também. Eu tinha seis anos de idade quando ela foi embora. Pata disse que ela estava doente com o pó da tempestade. Oni disse que ela estava curiosa, fazendo com que a palavra soasse como se fosse uma doença. Ama disse que ela foi roubada, e as outras *miadres* concordaram com ela.

Nós nos dispusemos a montar acampamento. As esperanças estavam altas. Este pequeno vale parecia certo. Ninguém haveria de se aventurar por aqui, e havia bastante água por perto. Oni reportou que havia uma campina de alpiste logo além do outeiro, e ela avistou um pequeno bosque de carvalho além dali.

No total, havia dezenove de nós. Onze mulheres, três homens e cinco crianças. Eu era a mais velha das crianças, em três anos. Eu me lembro daquela primavera em que me senti distanciada do resto. As brincadeiras deles me irritavam. Eu sabia que eu estava prestes a fazer algo diferente, mas, com toda a mesmice de nossas vidas diárias, eu não conseguia imaginar o que seria. Todo dia era como o anterior. Nós sobrevivíamos. Tínhamos medo. E, às vezes, dávamos risada. O que era esse novo sentimento que se agitava dentro de mim? Eu não sabia ao certo se gostava daquilo. Era algo ribombante, como a fome.

Todos nós ajudamos a arrastar os pedaços de madeira, alguns dos quais continham grandes letras que haviam sido outrora parte de alguma outra coisa, uma mensagem parcial que não importava mais. Outros encontraram placas de metal para apoiar nas rochas empilhadas. Apanhei uma grande placa de madeira com manchinhas azuis. Ama disse que o mundo já foi pintado com cores de todo tipo. Agora, azul é uma raridade, geralmente encontrado no céu ou em uma lagoa límpida que o refletia, como aquela onde eu tinha visto Jafir. Quatro invernos se passaram desde que o vi pela última vez. Eu me pergunto se ele ainda estaria vivo. Embora nossa tribo sempre tenha estado à beira da inanição, os abutres estavam à beira de algo pior. Eles não cuidavam nem se importavam com os seus da forma como nós fazíamos.

CAPÍTULO 05
A ORIGEM DO AMOR

MORRIGHAN

vale nos acolheu com boas-vindas. As sementes que nós plantamos cresceram no solo rochoso com apenas um pouco de paciência e persuasão. Os campos distantes, as ravinas e as encostas de colinas ofereceram pequenos animais para caça, gafanhotos e paz. Em toda a minha memória, esses foram os meses mais serenos que nós já tivemos; ainda assim, estranhamente, embora eu sempre tenha desejado um lugar para ficar, minha inquietação aumentou. Eu aliviava a discórdia dentro de mim ao me aventurar a ir mais longe a cada dia, enquanto eu coletava verduras ou sementes.

Um dia eu estava de cócoras coletando pequenas sementes pretas de portulacácea quando ouvi uma voz tão clara como minha própria voz dizendo: *por ali*. Olhei para cima, mas não havia um "por ali".

Apenas uma parede de pedra e vinha estavam à minha frente, mas as palavras dançavam em mim, *por ali*, animadas e vibrantes, certas e firmes. Ouvi a instrução de Ama: *confie na força que você tem dentro de si.* Fui andando até mais para perto, examinando as pedras, e encontrei uma passagem secreta. Penedos mesclavam-se para disfarçar a entrada. O caminho deu em um cânion confinado... e, ao longe, um tesouro oculto que eu contemplava, pasmada. Cruzei correndo a grama na altura dos meus joelhos para ver aquilo com mais atenção e mais de perto. Embora muito do telhado tivesse cedido e caído, havia alas para aquele que uma vez fora um grande edifício que eu tinha encontrado, e, dentro daquelas alas, eu me deparei com livros. Não muitos. A maioria deles tinha sido sacada ou queimada há muito tempo. Até mesmo nossa tribo havia queimado o papel seco de livros em noites úmidas de inverno quando nada mais pegava fogo. Esses poucos livros estavam espalhados pelo chão em meio a escombros e camadas de poeira. Livros que tinham figuras... com cores.

Todo dia depois daquilo, essa estrutura abandonada tornou-se minha distração. Eu coletava comida ao longo do caminho e depois descansava e lia nos largos e vastos degraus da ruína esquecida. Sozinha. Eu imaginava uma outra era, muito tempo antes de sete estrelas terem sido lançadas na Terra, uma época em que uma menina exatamente como eu estava sentada nesses mesmos degraus, olhando para cima, fitando o infinito céu azul. A possibilidade tornou-se uma criatura alada que poderia me levar para qualquer lugar que eu pedisse. Eu era injustificável e impulsiva com minhas divagações imaginadas. Um dia atrás do outro, era a mesma coisa. Até aquele dia.

Eu o avistei de rabo de olho. A princípio, fiquei alarmada; depois, fiquei com raiva, achando que Micah ou Brynna haviam vindo atrás de mim, mas então me dei conta de quem se tratava. Os loiros cabelos selvagens dele ainda eram os mesmos, só que estavam mais longos do que antes e brilhavam entre os arbustos espessos como se fossem um raro sabugo de milho dourado. *Tolo louco*, eu pensei, e então beijei meus dedos e os ergui para os deuses por penitência. Ama não sabia ao certo quantos deuses havia. Às vezes, ela dizia que era um; às vezes, três ou quatro. Os pais dela não tinham tido tempo para educá-la em relação a essas coisas, mas, independentemente de quantos eles fossem, eu sabia que era melhor não os testar. Eles controlavam as estrelas do céu, guiavam os ventos da Terra e contavam nossos dias aqui no deserto, e, em algum lugar na lembrança de Ama, ela sabia que chamar alguém de tolo era algo para o qual os deuses franziam seus cenhos. Desejar que morressem era uma outra coisa.

Os deuses não são sábios? Eu me recordo de haver perguntado isso. *Por que eles salvaram os abutres também?*

Isso foi há muito tempo, ela me respondeu. *Eles ainda não tinham se tornado abutres.*

Ele foi se insinuando mais para perto de mim, ainda se escondendo atrás dos arbustos. Mantive minha atenção voltada para o livro, mas roubei olhares de relance para ele. Até mesmo de onde ele estava, abaixado, eu podia dizer que ele estava mais alto do que quando o vi pela última vez, e seus ombros tinham ficado mais largos. Os farrapos de uma camisa mal cobriam seu peito.

Eu ouvi o aviso de Ama. *Corra o mais rápido que puder se for pega desprevenida.* Mas eu não estava exatamente inconsciente da presença dele ali. Eu havia ficado observando-o por um tempinho e me perguntando por que ele estaria se escondendo. E se escondendo tão mal.

Eu sabia o que aconteceria, então, quando ele saiu irrompendo dos arbustos, gritando e brandindo sua faca, eu não pisquei nem fiquei alarmada, mas sim, devagar, virei a página que eu tinha terminado de ler, ajustando-me para ler a próxima.

"Qual é o seu problema?", ele berrou. "Você não está com medo?"

Ergui meu olhar para o dele. "De quê? Eu acho que quem está com medo é você, escondendo-se nos arbustos por quase uma hora."

"Talvez eu estivesse planejando como ia lhe matar."

"Se você fosse me matar, teria feito isso da primeira vez em que nos encontramos. Ou da segunda vez. Ou..."

"O que você está fazendo?", ele me perguntou, olhando para meu livro, pisando nos degraus como se fosse dono deles.

Ele era exatamente como os outros abutres: exigente, bruto... e fedido.

"Você alguma vez toma banho?", perguntei, torcendo o nariz.

Ele olhou para mim, confuso, e depois, curioso, amenizando a cara feia que ele estivera fazendo.

Fechei o livro. "Você não tem que ser tão hostil assim comigo. Eu não vou machucar você."

"Você? Me machucar?" Ele jogou a cabeça para trás e riu.

O sorriso dele fez com que alguma coisa quente se mexesse nas minhas entranhas, e, antes que eu pudesse pensar, girei o pé, acertando-o atrás do joelho. Ele caiu no chão, com seu cotovelo fazendo um som alto e oco quando bateu nos degraus. A cara feia e feroz estava de volta, e ele chicoteou com sua faca na frente do meu rosto.

"Estou lendo um livro", falei rapidamente. "Você gostaria de vê-lo?" Prendi a respiração.

Ele esfregou o braço.

"Eu ia me sentar de qualquer forma."

Mostrei o livro a ele, virando as páginas e apontando para as palavras. Havia apenas umas poucas delas em cada página. Lua. Noite. Estrelas. Ele ficou fascinado, repetindo as palavras conforme eu as dizia, e colocou a faca no chão ao seu lado. Ele tocou nas páginas coloridas, onduladas pelo tempo, com as pontas de seus dedos mal roçando nelas.

"Este é um livro dos Antigos", disse ele.

"Antigos? É assim que seu povo se refere a eles?"

Ele olhou para mim com incerteza, depois se levantou. "Por que você questiona tudo que eu digo?"

Ele desceu os degraus tempestivamente, e, o que era estranho, eu fiquei triste ao vê-lo ir embora.

"Volte amanhã!", gritei. "Lerei mais para você."

"Eu não vou voltar!", ele devolveu por cima do ombro. Fiquei observando enquanto ele passava pelos arbustos batendo os pés, com apenas seus loiros e selvagens cabelos brilhando acima das ervas daninhas até que tanto ele quanto suas ameaças grunhidas tivessem desaparecido.

Sim, Jafir, eu pensei, *você voltará, embora eu não soubesse ao certo por quê.*

CAPÍTULO 06
A ORIGEM DO AMOR

JAFIR

Eu separei a última carne da pele, uma bela lebre rechonchuda que teria feito com que Laurida ronronasse quando eu voltasse para o acampamento. Pendurei o animal estripado na árvore. Agora já fazia quatro dias que não tínhamos carne fresca para nosso cozido, e Fergus estava ficando mais amargo a cada dia que se passava, com as poucas raízes e com os poucos ossos com tutano que davam sabor à água.

"Onde foi que conseguiu isso?", perguntou Laurida.

Eu havia encurralado a lebre em uma pequena ravina não muito longe de onde encontrei a menina, Morrighan, mas Laurida não precisava saber disso. Ela poderia contar isso a Steffan, e ele tomaria conta do meu campo de caça como ele tomava conta de todo o resto. "Na bacia, passando os pântanos", eu respondi.

"Hummm", disse ela, com ares de suspeita.

"Eu não a roubei", eu disse ainda. "Eu a cacei." Embora no fim das contas isso não fizesse diferença alguma — comida era comida —, Laurida parecia gostar mais dos animais caçados. "Eu vou enxaguar isso daqui." Apanhei os intestinos do animal para lavá-los no riacho.

"Fique longe de Steffan hoje", disse ela enquanto eu me afastava. "Ele está com um péssimo humor."

Dei de ombros enquanto ia andando para longe. Quando era que Steffan não estava com um péssimo humor? Pelo menos nessa noite ele não poderia socar minhas orelhas nem espancar minhas costelas. Ele seria envergonhado por Piers e Fergus por causa do animal que eu havia caçado. Eles dois gostavam de lebre, e tudo que Steffan tinha trazido para casa ultimamente eram doninhas ossudas.

Não foi até que eu estivesse a meio caminho longe de casa que eu me dei conta de que havia me esquecido de perguntar a Morrighan por que Harik sabia o nome dela. Essa era a primeira coisa que eu ia dizer, mas então ela me desnorteou com todo aquele falatório dela. Se eu tomo banho? Eu movia os intestinos da lebre, que faziam ruídos como que de apitos, embaixo da água. Que diferença isso fazia? Mas então eu pensei na pele dela, em como ela parecia brilhar com a cor de um pôr do sol esfumaçado. Eu tinha desejado tocar nela e ver como era a sensação. A pele dela era daquela cor porque ela tomava banho? Nós não tínhamos meninas em nosso acampamento, apenas meninos, homens, e três mulheres como Laurida, cujas faces eram ásperas e marcadas com linhas de expressão dos anos passados. As bochechas de Morrighan eram tão macias quanto uma folha na primavera.

Ouvi comoção e o relinchar de cavalos. E então o chamado alto de Steffan, dizendo que os outros haviam retornado, como se isso não fosse óbvio. Eu chacoalhei os intestinos do animal e subi arrastando os pés de volta pela inclinação acima, até o acampamento. Meus passos falharam quando eu vi Harik com os anciões do clã. Ele não vinha de passagem pelo nosso acampamento com tanta frequência esses dias; em vez disso, ele ficava em sua maciça fortaleza do outro lado do rio, aquela que ele havia chamado de Venda, em homenagem a sua noiva, a Siarrah. No entanto, a água estava subindo, e a ponte estava ficando inclinada. Poderia não demorar muito antes que sua fortaleza fosse cortada do restante de nós, e ele não poderia mais sequer vir até aqui. Fergus disse que o rio engoliria a ponte em breve. Harik ficou hesitante e disse que ele construiria outra ponte, o que parecia uma tarefa impossível; no entanto, ele tinha mais poder e mais fome do que a maioria, e havia rumores de que o pai dele uma vez fora um dos mais poderosos Antigos. Talvez ele tivesse tido modos dos quais nós não tínhamos conhecimento.

"Você se lembra do menino, não lembra?", disse Fergus, apontando para mim.

"Steffan", disse Harik, batendo com sua imensa mão no meu ombro.

"Steffan é meu irmão. Eu sou o Jafir", falei, mas ele já tinha se virado para ir embora e estava se assentando perto do fogo junto com Piers.

O começo da noite passou como os outros — com comida, rixas por coisas sem valor e notícias de povos de longe. Fergus disse que nosso povo no norte ponderava novamente sobre o que haveria além das montanhas a oeste. Eles estavam considerando aventurar-se em busca de uma fortuna melhor do que aquela que as lutas para conseguir alguma coisa ofereciam aqui, e haviam pedido que Fergus se juntasse a eles. Revirei os olhos. Sempre havia alguma "consideração", mas nada advinha disso. As montanhas continham a doença. Nada crescia por lá. Atravessá-las era a morte. Até mesmo os clãs poderosos mantinham o medo próximo de seus corações. Ainda havia alguns entre nós, como Piers, que estivera por aí quando a nuvem da morte rolou pela terra. Ele tinha apenas seis anos na época, mas se lembrava do terror.

Depois do jantar, Harik passou pelos arredores uma garrafa que ele havia trazido consigo. Embora a comida pudesse ser escassa, no lado dele do rio eles ainda conseguiam fermentar o repulsivo líquido. Embora eu estivesse sentado no círculo com todo o resto do pessoal, nada do líquido me foi oferecido. Piers esticou a mão além de mim para entregar a garrafa a Reeve, que estava sentado do meu outro lado. Tentei agir como se não tivesse notado quando Harik passou a garrafa adiante para Steffan. Ele bebeu e se engasgou com a bebida alcoólica, e todo mundo deu risada. Eu também ri, mas Steffan captou minha risada em meio ao restante. Ele se virou e olhou feio para mim, com aquele tipo de olhar cheio de ódio que dizia que eu pagaria por isso mais tarde.

Então a conversa voltou-se para as tribos. Harik se perguntava como ele havia feito em visitas passadas, onde uma tribo em particular havia ido parar. Eles não tinham sido vistos em quatro anos. A tribo de Gaudrel. Quando ele disse o nome dela, ouvi raiva na voz dele. "E aquela fedelha que ela arrasta consigo", disse ele ainda. "Morrighan."

Eu vi a fome nos olhos dele. Ele a queria. O homem mais poderoso na face da Terra, mais poderoso do que Fergus, queria Morrighan.

E eu era o único que sabia onde ela estava.

07
CAPÍTULO
A ORIGEM DO AMOR

MORRIGHAN

le não se escondeu nos arbustos dessa vez. Veio subindo a passos largos pelos amplos degraus de mármore de um jeito assustador. Como se ele fosse dono deles. Por que esse abutre era assim tão difícil de se entender? O peito dele estava desnudo, e seu rosto estava radiante. Ele havia tomado banho. Com sua sujeira lavada, a pele dele agora tinha um matiz dourado, e suas longas mechas de cabelos estavam mais brilhantes. Os ombros dele, que estavam ficando mais largos, faziam com que suas costelas sem carne parecessem mais patéticas. No entanto, a expressão em seus olhos era feroz.

"Eu achei que você não fosse vir...", falei, recuando um passo quando ele parou na minha frente.

Ele olhou para mim por um bom tempo antes de me responder. "Eu vou e venho, quando e aonde eu quiser. Por que Harik, o Grande, sabe seu nome?"

Eu senti como se tivesse sido socada até ficar sem fôlego. Eu havia ouvido sussurros no acampamento entre as *miadres*. Ama e as outras odiavam-no. O nome dele era como veneno, não era para ser tocado. Fiquei alarmada ao pensar que ele poderia conhecer o meu nome. Jafir estava errado.

"Ele não sabe o meu nome", falei. "Ele nem mesmo me conhece. Eu só o vi de longe, quando ele atacou nosso acampamento há muito tempo." Recuei para longe dele. "E, para sua informação, abutre, ele não é grande. Ele é um covarde, como todos..." Fiz uma pausa, medindo as palavras na ponta da minha língua, temendo que elas pudessem mandá-lo correndo para longe de novo... ou algo pior.

"Como todos nós?", ele terminou. "Era isso que você ia dizer?"

Por que estamos aqui?, pensei. Nós sempre estávamos em conflito, discordando um do outro, e, ainda assim, nossos caminhos continuavam se cruzando. *Não, Morrighan, não se cruzando por acaso. Você o convidou para voltar aqui. Você queria que esse encontro acontecesse.* Eu mesma não entendia isso, nem tudo em que haviam me ensinado a confiar. Os abutres eram perigosos para nosso povo, mas eu estava intensamente curiosa em relação a este que havia mostrado misericórdia para comigo oito anos atrás, quando ele mesmo não passava de uma criança.

"Jafir", respondi a ele, dizendo seu nome com respeito, "você gostaria de ler?" E então, como um sinal de trégua, eu acrescentei sua própria descrição. "Um livro dos Antigos?"

Nós ficamos lendo por uma hora antes que ele tivesse de partir. Esse não foi nosso último encontro. Os primeiros poucos encontros entre nós continuaram instáveis e hesitantes. Abutres e aqueles que eles caçavam nada tinham em comum. Porém, aqui, escondidos pelas longas trilhas e pelos cânions fechados, nós aprendemos a deixar pelo menos parte de quem nós éramos para trás. Nossa confiança declinava e crescia em inícios turbulentos, mas era sempre um acordo não declarado que nossos encontros permaneceriam sendo um segredo. Se ele contasse isso a alguém, eu poderia morrer. Se eu contasse isso a alguém, eu seria proibida de retornar.

Eu nunca achei que isso fosse durar. Afinal de contas, nossa tribo nunca permanecia em lugar algum por muito tempo. Ficar de mudança era nosso jeito. Logo nós deixaríamos o vale, iríamos para algum lugar longe, e estes dias teriam um fim. Mas a tribo não partiu. Não havia qualquer necessidade disso. O vale ficava bem escondido, e nós conseguíamos coletar comida e cultivá-la sem preocupações. Ninguém se aventurava por lá. Nossos dias viraram estações, e estações viraram anos.

Eu ensinei as letras a Jafir e, a partir daí, palavras. Logo ele também estava lendo para mim. Ele praticava a escrita, traçando letras na poeira com os dedos. "Como se escreve Morrighan?", ele quis saber. Letra por letra, ele repetiu cada uma delas enquanto as escrevia no chão. Eu me lembro de ter olhado para as letras por um bom tempo depois que ele as havia escrito, admirando as curvas e as linhas que ele havia feito e como meu nome parecia mais diferente para mim do que já tinha parecido antes.

No decorrer de semanas e meses, nós dividíamos tudo. A curiosidade dele era tão grande quanto a minha. Ele vivia com onze pessoas. Eles eram a família dele, mas ele não sabia com certeza como a maioria deles tinha relações de sangue. Fergus não explicava tais coisas para ele. Elas não eram importantes. Uma mulher chamada Laurida dizia que ele era seu filho, mas ele sabia que não era assim. Ela era esposa de Fergus, mas ela não tinha vindo até o clã antes que Jafir estivesse com sete anos de idade... e, de onde, ele não sabia ao certo. Um dia ela simplesmente chegou a cavalo com Fergus e ficou por lá. Ele tinha uma lembrança confusa de uma mulher que ele achava que poderia ser sua mãe, mas era apenas da voz dela que ele se lembrava, e não de seu rosto. Ele perguntou se Gaudrel era minha mãe. Expliquei que ela era minha avó, um termo que ele desconhecia. "A mãe da minha mãe", expliquei. "Ama me criou. Minha própria mãe morreu ao dar à luz."

"E seu pai?"

"Eu nunca o conheci. Ama disse que ele também está morto."

Os lábios de Jafir ficaram puxados, firmes. Talvez ele estivesse se perguntando se o meu pai havia morrido nas mãos de um dos seus. Provavelmente tinha sido isso mesmo o que acontecera. Ama nunca me disse como ele havia morrido, mas seus olhos sempre mostravam uma centelha de raiva antes que ela desviasse do assunto.

Eu estava curiosa em relação ao irmão dele. Jafir apenas deu de ombros quando lhe perguntei sobre ele. Ele apontou para uma cicatriz em seu braço. "Steffan fala mais com as mãos do que com a boca."

"Então eu não gostaria de conhecê-lo."

"E eu não gostaria que você o conhecesse", disse Jafir, zombando da forma como eu dizia as coisas de um jeito diferente dele, e nós dois demos risada.

Eu não sabia que aquilo que nós estávamos forjando era uma amizade. Parecia impossível. Mas eu descobri que o menino que uma vez havia me mantido escondida de seus camaradas abutres tinha outras gentilezas também... um bracelete tecido de grama de campina, uma placa lascada em ouro que ele havia encontrado em uma ruína. Um dia ele me deu um punhado de céu quando ele me viu fitando as nuvens lá em cima, só para me ver sorrir. Eu o coloquei no meu bolso. Outras vezes nós enlouquecíamos um ao outro além da conta com nossos modos diferentes, mas nós sempre voltávamos, com nossas querelas esquecidas. Nós mudávamos juntos, de um modo imperceptível, um dia atrás do outro, tão devagar quanto uma árvore florescendo com a primavera.

Porém, então, um dia, tudo mudou com um pulo, de forma permanente e para sempre.

Ele estava me dando bronca por causa de minha mira, e eu estava voltando olhares cheios de ódio e frustração para ele. Ele havia derrubado um esquilo naquela manhã a dez passos de distância dele com seu estilingue, e estava tentando me instruir sobre como fazer o mesmo, porém, um tiro atrás do outro, minhas pedras iam miseravelmente para fora do curso.

"Não, não é assim", ele reclamou. Ele deu um pulo de onde ele estava deitado na campina e veio marchando até onde eu estava. "Assim", disse ele, parado atrás de mim e envolvendo meus braços com os dele. Ele pegou minhas mãos nas dele, seu peito ficou encostado nas minhas costas, lentamente puxando o estilingue para trás. Então ele fez uma pausa, uma longa e desconfortável pausa, que parecia durar para sempre, mas nenhum de nós dois se mexia. Eu tentei entender por que aquilo parecia tão diferente. Seu hálito cálido ondulava junto à minha orelha, e eu senti meu coração ficando acelerado, senti alguma coisa entre nós que não havia estado lá antes. Algo forte e selvagem e incerto. Ele soltou minhas mãos de repente e se afastou de mim. "Não importa", disse ele. "Eu tenho que ir embora."

Ele subiu em seu cavalo e partiu sem dizer adeus. Fiquei observando enquanto ele cavalgava até que estivesse fora de meu campo de visão.

Não tentei impedir que ele fosse embora. Eu queria que ele se fosse.

A casa grande zunia com conversas, mas eu não me sentia parte dela. Fiquei fitando os postes e os juncos e as peles de animais que formavam as paredes enquanto eu empilhava cabaças limpas.

"Você mal disse uma palavra a noite toda. Qual é o problema, criança?"

Eu me virei em um giro. "Eu não sou uma criança, Ama!", falei, irritada. "Você não consegue ver isso? "Suguei a minha respiração, alarmada com meu próprio surto.

Ama pegou as cabaças de minhas mãos e as colocou de lado. "Sim", disse ela baixinho. "A criança que havia em você se foi, e... eu tenho uma jovem mulher diante de mim." Seus olhos, de um cinza claro, brilhavam. "Eu apenas me recusei a ver isso. Não sei ao certo como foi que isso aconteceu tão rápido."

Caí nos braços dela, abraçando-a apertado. "Eu sinto muito, Ama. Eu não queria ser rude com você. Eu..."

Mas eu não tinha mais palavras para me explicar. Minha mente jogava e pegava coisas dentro dela, e meu corpo não mais parecia meu próprio corpo. Em vez disso, dedos quentes espremiam minhas entranhas com a memória da respiração cálida de Jafir na minha pele.

"Eu estou bem", falei. "Os outros que esperem."

Ama me puxou para o centro da casa grande, onde todo mundo havia se assentado em volta do fogo. Eu me sentei entre Micah e Brynna. Ele tinha treze anos, e ela, doze, mas eles pareciam tão novos para mim agora. As gêmeas, Shay e Shantal, com seus oito anos de idade, estavam sentadas na minha frente. Para mim, todos eles eram crianças.

"Conte-nos uma história, Ama", falei. "Sobre o Antes." Eu precisava de uma história para me acalmar, pois minha mente ainda pulava como um gafanhoto dos campos.

As crianças citaram suas opções: as torres, os deuses, a tempestade.

"Não", falei. "Conte para nós sobre quando você conheceu o papai."

Ama olhou para mim com incerteza no olhar. "Mas essa não é uma história do Antes. Esta é uma história do Depois."

Engoli em seco, tentando ocultar meu infortúnio. "Então nos conte uma história do Depois." Eu tinha ouvido essa história antes, mas isso fora muito tempo atrás. Eu precisava ouvi-la novamente.

Aconteceu doze anos depois da tempestade. Eu era apenas uma menina com meus dezessete anos de idade. Até então, eu tinha viajado para longe com o Remanescente que havia sobrevivido, mas apenas para um lugar que parecia tão desolado quanto o último. Nós vivíamos precariamente, com minha mãe me mostrando como confiar na linguagem do saber dentro de mim, pois pouco além disso importava. Os mapas e os dispositivos mecânicos e as invenções do homem não podiam nos ajudar a sobreviver ou encontrar comida. A cada dia eu perscrutava mais a fundo, libertando as habilidades que os deuses haviam nos dado desde o início dos tempos. Eu achei que isso fosse ser tudo que minha vida haveria de ser, até que, então, um dia eu o vi.

Ele era bonito?

Ah, sim.

Ele era forte?

Muito.

Ele era...?

"Parem de interrompê-la", eu disse às crianças. "Deixem que ela termine!"

Ama olhou para mim. Eu vi as perguntas que ela se fazia em seus olhos, mas ela prosseguiu.

Porém, a coisa mais importante que notei em relação a ele era sua generosidade. O desespero era o regente do mundo, e a bondade era tão rara quanto um límpido céu azul. Nós havíamos encontrado um dos depósitos subterrâneos de Antes. Havia ainda alguma comida a ser encontrada naqueles dias, pilhas de estoques em despensas que ainda não tinham sido saqueadas nem atacadas, mas era arriscado aventurar-se em tais lugares. O líder nos viu chegando e acenou para que fôssemos embora, mas seu pai interveio, suplicando por nós, e o líder demonstrou piedade. Eles permitiram que entrássemos e dividiram conosco a pouca comida que havia lá. Foi a última vez que senti o sabor de uma azeitona, mas aquele gostinho era o começo de algo mais... gratificante.

Pata revirou os olhos, e as outras *miadres* deram risada. Bem mais... Os significados ocultos das histórias de Ama não me escapavam mais.

"Aonde você vai que está com tanta pressa?", perguntou-me Ama. "Os besouros do campo vão tomar sua tarefa se você se atrasar?" O tom dela continha suspeita. Eu havia visto Ama me observando enquanto eu fazia velozmente as minhas tarefas matinais.

Diminuí meus passos, envergonhada porque eu não havia contado a Ama sobre o edifício dos livros... nem sobre Jafir. Mas não tão envergonhada a ponto de me abrir com ela e contar a verdade. Uma coisa que eu tinha aprendido era que Ama não podia ler a minha mente como eu uma vez acreditei. Mas ela conhecia a minha mente. Ela a respirava. Ela a vivia. Exatamente como ela fazia com a tribo toda. Tratava-se de um grande peso para ela suportar. Parte desse peso um dia seria passado para mim.

"Você precisa de alguma outra coisa, Ama?"

"Não, criança", disse ela, acariciando minha bochecha. "Vá. Colete comida. Eu entendo a necessidade de solidão. Apenas fique ciente. Não permita que esse tempo de paz faça com que você baixe sua guarda. O perigo está sempre por aí."

"Eu sempre observo, Ama. E sempre me lembrarei dos perigos."

CAPÍTULO 08
A ORIGEM DO AMOR

MORRIGHAN

assei voando pelos campos. Saí correndo sem fôlego pelo cânion abaixo. O dia já estava quente, e o suor escorria pelas minhas costas. Eu não parei para coletar o que quer que fosse, com meu saco vazio debatendo-se selvagemente em meu punho cerrado. Quando cheguei à trilha que dava para o velho edifício dos livros, eu vi o cavalo dele amarrado ao galho baixo de uma árvore. Então eu o vi.

Ele estava parado, em pé no meio da ampla entrada em pórtico entre dois pilares, observando-me enquanto eu me aproximava. Ele chegou cedo, assim como eu. Diminuí a velocidade dos passos à base dos degraus, parando para respirar. Olhei para ele de um jeito que eu nunca havia olhado antes, de um jeito como eu não havia me permitido olhar para ele. O quão alto ele havia se tornado, uma cabeça mais alto do que eu. Suas costelas não estavam mais saltadas, de forma patética, e suas mechas de cabelos cheias de nós tinham, de alguma forma, se tornado uma coisa bela e cheia de poder. Elas caíam graciosamente por cima de seus ombros, que agora eram largos e musculosos. Meu olhar foi vagando, contemplando-o, até o peito dele, largo e forte, o peito que havia roçado nas minhas costas ontem.

Ele ficou observando calado enquanto eu subia os degraus. Eu permaneci em silêncio, mas sabia que hoje não seria como ontem nem como todos os dias antes disso. Quando cheguei no patamar, um pequeno "olá" baixinho escapou de meus lábios.

Ele deu um passo para trás e engoliu em seco. "Sinto muito por ter ido embora tão rápido ontem."

"Você não precisa se explicar."

"Eu só vim para lhe dizer que eu não virei mais. Há um lugar melhor de caça em outra parte."

Minhas entranhas ficaram ocas. Minha mente girava, com descrença.

"Eu não posso desperdiçar meus dias aqui com você", disse ele ainda.

Em uma única batida de coração, minha descrença pegou fogo e virou raiva. "Porque ser amigo de uma menina dos Remanescentes é uma coisa, mas ser..."

"Você não me conhece!", ele gritou enquanto passava por mim aos empurrões, quase voando ele mesmo pelos degraus abaixo.

"Vá, Jafir!", eu berrei. "Vá e não volte nunca mais!"

Ele soltou seu cavalo com movimentos rápidos, desajeitados e cheios de raiva.

"Vá!", eu berrei, com minha visão ficando turva.

Ele fez uma pausa, seu olhar fixo na sela, com as mãos bem apertadas, com fúria, em suas rédeas.

Meu coração socava dolorosamente meu peito em uma longa batida cheia de esperança, à espera. Ele balançou a cabeça em negativa e depois montou em seu cavalo e saiu cavalgando para longe.

Qualquer ar que havia em meus pulmões sumiu.

Eu voltei cambaleando para as ruínas, com minha mão deslizando ao longo das paredes para obter apoio. A escuridão fresca me engolia. Alcancei um pilar e fui deslizando até o chão, não mais tentando conter minhas lágrimas. Meus pensamentos tombavam entre o pesar, o ressentimento e a raiva. *Eu também nunca mais voltarei aqui, Jafir! Nunca mais! Eu haverei de me esquecer de tudo em relação a este vale, inclusive de você!*

Porém, até mesmo na minha raiva, eu ansiava com dor por ele.

Eu ansiava por todos os nossos ontens.

Uma porta havia sido aberta e não podia ser fechada de novo, não importando com quanta raiva ele houvesse me deixado. Ele estava em meus pensamentos, nos meus cabelos, nos meus dedos, nos meus olhos, a lembrança dele em lugares onde ninguém mais havia estado, em uma centena de maneiras que não faziam qualquer sentido. Fitei o saco vazio que eu ainda segurava apertado em meu punho, com os nós de meus dedos pálidos.

"Não há nenhum futuro para nós, Morrighan. Nunca poderá haver."

Fiquei alarmada, olhando para cima. Ele estava em pé na entrada, uma alta silhueta em contraste com o brilhante dia atrás dele. Eu sabia que ele estava certo. Um futuro era impossível. Eu nunca poderia abraçar o lar dele ou o povo dele, nem ele poderia fazer isso com os meus. O que isso deixava para nós?

Eu me levantei. "Por que você voltou?"

Ele entrou na frescura da caverna. "Porque..." Suas sobrancelhas estavam baixas; seus olhos, tornando-se nuvens escuras, ainda raivosos. "Porque eu não consegui partir."

Ele veio andando mais para perto de mim até que apenas uns poucos centímetros nos separavam. O olhar dele era afiado e procurava por algo. Havia tanta coisa que eu não sabia sobre os modos entre um homem e uma mulher, mas eu sabia que eu o queria. E eu sabia que ele me queria.

"Toque-me, Jafir", eu falei. "Toque-me do jeito como você fez ontem."

O peito dele ergueu-se em uma respiração profunda, e ele ficou hesitante, mas então ergueu um único dedo, lentamente traçando uma linha acima no meu braço desnudo, com seus olhos seguindo o caminho como se o estivessem memorizando, e então o caminho mudou e o dedo dele viajava pela minha clavícula, descansando na base da minha garganta. Alguma coisa brilhante, líquida e quente corria debaixo da minha pele e pelo meu peito. Meus dedos ficaram frouxos, e deixei cair o saco que ainda carregava.

Estiquei a mão para cima e a coloquei no peito dele, com as pontas de meus dedos fervendo,

MARY E. PEARSON

tremendo com a sensação da pele dele debaixo da minha, o batimento rápido de seu coração, e inspirei o aroma de tudo que era Jafir: terra, ar e suor. Minhas mãos ardiam, encontrando-se no meio e viajando vagarosamente para baixo, sentindo suas costelas e os músculos de sua barriga. A respiração dele falhou, ficou presa, e suas mãos subiram para aninharem-se em meu rosto, com ele passando o polegar pela minha bochecha. Nós levamos nossos lábios para junto um do outro, julgamos errado a distância, batemos com nossos narizes um no outro, mas então minha cabeça virou-se para um lado, a dele para o outro, e nossas bocas se encontraram, nossas línguas se encontraram, e parecia que não havia qualquer outra forma como deveríamos ser ou estar, saboreando um ao outro, explorando a sensação um do outro, descobrindo cada um de formas como nunca havíamos feito antes.

Suas mãos deslizaram pelas minhas costas abaixo, fortes, puxando-me para juntinho dele, e seus lábios roçaram as maçãs do meu rosto, meus cílios, e todos os espaços vazios entre eles.

Eu não pensei sobre o mundo dele ou o meu, nem no futuro que não poderíamos ter. Eu só pensei na luz cálida atrás das minhas pálpebras, nos suaves murmúrios dele no meu ouvido e na completude que tínhamos naquele momento. E nós nos tocamos de todas as formas como fizemos ontem e mais.

CAPÍTULO 09
A ORIGEM DO AMOR

JAFIR

la ajoelhou-se atrás de mim, cobrindo meus olhos com as mãos. "Não olhe."
"Vou manter os olhos fechados", prometi, enquanto levava minha mão acima e trazia uma das mãos dela para os meus lábios.

"Jafir, preste atenção", disse ela, puxando a mão. Eu me virei e puxei-a para cima de mim, colocando seu rosto junto ao meu, beijando-a, sussurrando entre respirações: "Você é tudo que eu preciso".

Ela sorriu, traçando uma linha em volta da minha boca. "Mas um dia você ficará feliz por ter um fruto para saciar sua sede..."

"Você é..."

"Jafir!", disse ela, sentando-se direito, montando em minha barriga e colocando um dedo nos meus lábios para que eu me calasse.

Fechei os olhos, obediente.

Eu tinha de perguntar a ela sobre o saber, o dom que a Siarrah de Harik supostamente tinha. Ela havia franzido o cenho e dito que era um dom para muitos nas tribos dos Remanescentes, só que alguns o buscavam mais fervorosamente do que outros.

Aqui, ela havia me dito, pressionando minhas costelas com o punho cerrado, de forma gentil.

E aqui, disse ela novamente, pressionando seu punho junto ao meu esterno.

Essas são as mesmas instruções que minha ama me deu.
É a linguagem do saber, Jafir.
Linguagem esta tão antiga quanto o próprio universo.
É o ver sem olhos,
E ouvir sem ouvidos.
Foi isso que me trouxe até aqui, a este vale.
Era assim que os Antigos sobreviviam naqueles primeiros anos.
Como nós sobrevivemos agora.
Confie na força dentro de você.

Agora ela tentava me ensinar essa forma de saber. Ela já havia me ensinado muita coisa: a diferença entre frutos que poderiam nos prover nutrientes ou nos matar, as estações da erva thannis e os deuses que regiam isso tudo. Nos últimos meses, eu não tinha perdido um dia de cavalgada até o vale confinado para estar com ela. Ela consumia meus pensamentos e meus sonhos. Tudo havia mudado entre nós no dia em que ela segurou o meu estilingue e eu coloquei os braços em volta dela. Isso me deixou assustado, essa mudança, a forma como isso fazia com que eu me sentisse e até mesmo pensasse diferente, porém, todos os dias desde então, quando eu cavalgava até o vale, tudo em que eu podia pensar era em abraçá-la novamente, em beijá-la, ouvi-la, vê-la rir.

Assim como havia acontecido desde a primeira vez em que eu a vi, ela me fascinava, só que agora eu precisava dela como um corvo precisa do céu. Era um jogo perigoso esse que nós jogávamos, e, desde o começo, nós sabíamos que isso não poderia durar, mas agora eu me perguntava... Ela se perguntava... Nós conversávamos sobre isso. Amor. Seria isso o que tínhamos? *Eu amo você, Jafir*, dizia ela em algum momento do dia, só para ouvir isso ser dito em voz alta. Ela ria e depois dizia isso de novo, com os olhos solenes, olhando dentro dos meus. *Eu amo você, Jafir de Aldrid.* E não importava quantas vezes ela dissesse isso, eu esperava que ela falasse de novo.

"Agora, o que você está ouvindo?", ela me perguntou, com as mãos descansando no meu peito.

Eu nada ouvia além do distante trinado de um besouro, o farfalhar da respiração do meu cavalo, o som sibilante do movimento da grama da campina na brisa... e então ela colocou um fruto na minha boca, doce e suculento.

"Ele chama você, Jafir. Sussurra, uma voz cavalgando o vento... Aqui estou eu, venha me encontrar. Escute."

No entanto, tudo que eu ouvia era um diferente tipo de saber, um saber que nem mesmo Morrighan conseguia ouvir, um saber que parecia tão seguro e antigo quanto a própria Terra. Ele sussurrava fundo nas minhas entranhas: *Eu sou seu, Morrighan, para sempre seu... e, quando a última estrela do universo piscar em silêncio, eu ainda serei seu.*

CAPÍTULO 10
A ORIGEM DO AMOR

MORRIGHAN

esde a época em que eu era pequena, Ama havia me contado as histórias de Antes. Centenas de histórias. Às vezes era para me impedir de chorar e de revelar nosso esconderijo na escuridão quando os abutres vinham andando até perto demais de onde estávamos, sussurros desesperados ao meu ouvido que me ajudavam a ficar em silêncio. Mais frequentemente, ao fim de um longo dia, ela me contava as histórias quando não havia qualquer comida para encher a minha barriga.

Eu me prendia às histórias dela, mesmo que fossem de um mundo que eu desconhecia, um mundo de luz cintilante e torres que chegavam até o céu, um mundo de reis e semideuses que voavam entre as estrelas... e princesas. As histórias dela me deixavam mais rica do que um regente em um grande reino.

Histórias eram as únicas coisas que ela podia me dar que não poderiam ser roubadas, nem mesmo por um abutre.

Era uma vez, criança,
Há muito, muito tempo,
Sete estrelas que pendiam no céu.
Uma para chacoalhar as montanhas,
Uma para revirar os oceanos,
Uma para afogar o ar
E quatro para testar os corações dos homens.
Mil facas de luz
Cresceram até formar uma rolante e explosiva nuvem,
Como um monstro faminto.
Apenas uma princesinha achava graça,
Uma princesa assim que nem você...

Ama disse que a tempestade durou três anos. Quando acabou, poucos sobraram para falar sobre ela. Menos ainda queriam falar dela. A sobrevivência era tudo que importava. Ela mesma era apenas uma criança pequena quando as tempestades começaram, sua memória é questionável, mas ela preenchia com os detalhes do que ela ficara sabendo ao longo do caminho, outras partes eram preenchidas pela necessidade do momento, e a mensagem era sempre a mesma. Um Remanescente abençoado sobrevivera, sempre sobreviveria, não importando as dificuldades.

Outras coisas sobreviveram também. Coisas com as quais tínhamos de tomar cuidado. Coisas que às vezes faziam minha fé nos Remanescentes oscilar, coisas como quando papai foi morto, pisoteado por um cavalo; quando Venda foi roubada; quando Rhiann perdeu um cabritinho e sua vida com o único talho de uma faca.

Essas coisas tornaram-se histórias também, e Ama nos encarregava de contá-las, dizendo: *Nós já perdemos demais. Nós nunca devemos nos esquecer de onde viemos, para que não repitamos a história. Nossas histórias devem ser passadas para nossos filhos e para nossas filhas, pois, com apenas uma geração, a história e a verdade são perdidas para sempre.*

E então contei as histórias a Jafir enquanto explorávamos o cânion muito pequeno que era nosso mundo.

"Eu nunca ouvi falar em torres de vidro", disse ele quando eu lhe contei sobre onde Ama viveu.

"Mas você viu as ruínas, não viu? Os esqueletos que uma vez seguravam as paredes de vidro?"

"Eu vi esqueletos. Só isso. Não há nenhuma história para acompanhá-los." Eu podia ouvir a vergonha no tom dele, o menino defensivo que eu tinha conhecido havia tanto tempo.

Circundei a cintura dele com minhas mãos, absorvendo a calidez de suas costas junto à minha bochecha. "Histórias têm que começar em algum lugar, Jafir", falei em um tom gentil. "Talvez elas possam começar com você..."

Senti o enrijecer de seus ombros. Um dar de ombros. Ele se soltou do meu abraço, virando-se repentinamente.

"Venha, vamos dar uma volta. Eu quero lhe mostrar uma coisa."

"Onde?", perguntei, com ares de suspeita.

Não havia um canto desse pequeno cânion fechado que nós não tivéssemos explorado.

"Não é longe", disse ele, pegando na minha mão. "Eu juro. É um lago que..."

Franzi o cenho e puxei minha mão para longe. Nós tínhamos tido essa conversa antes. Os limites do pequeno cânion fechado pareciam ficar cada vez menores a cada dia. Jafir irritava-se com esses limites. Ele estava acostumado a cavalgar livremente nas planícies e nos campos abertos, um risco que eu não poderia correr. "Jafir, se alguém me vir..."

Ele me puxou para perto dele, seus lábios roçando nos meus, retardando a saída das minhas palavras que ali esperavam para escapar.

"Morrighan", ele sussurrou junto aos meus lábios. "Eu poderia cortar o meu próprio coração antes de permitir que qualquer dano caísse sobre você." Ele esticou a mão para cima, fazendo carinho na minha cabeça. "Eu não arriscaria um único fio de cabelo seu, nem um cílio perdido que fosse." Ele me beijou com ternura, e o calor fluiu por mim.

De repente, ele pulou para trás, erguendo os braços para o lado de modo a mostrar seus músculos. "E veja!", disse ele, com um largo sorriso provocante no canto de sua boca. "Eu sou forte! Eu sou feroz!"

"Você é um tolo!" Eu ri. Ele ficou com uma expressão alarmada no rosto, fingindo medo e olhando na direção dos céus. "Cuidado com os deuses!"

Talvez eu tivesse lhe contado histórias demais.

O sorriso dele desapareceu. "Por favor, Morrighan", disse ele baixinho. "Confie em mim. Ninguém nos verá. Deixe-me cavalgar com você e mostrar-lhe algumas das coisas que eu amo."

Meu coração batia com um som oco em meu peito, com o familiar "não" batendo por trás, mas... eu realmente adorava cavalgar com ele. A princípio, eu havia sentido medo, mas Jafir era um bom professor, paciente e gentilmente me persuadindo a subir nas costas do imenso animal, e rapidamente eu descobri que adorava a sensação de seu cavalo debaixo de nós, dos fortes braços de Jafir me circundando, da estranha sensação de que estávamos conectados, inseparáveis, para sempre enquanto cavalgássemos juntos. Eu adorava a sensação vertiginosa enquanto a campina ficava em um borrão debaixo de nós, a sensação de que tínhamos asas, de que éramos rápidos e poderosos e de que nada no mundo poderia nos parar.

Eu apenas olhei para ele e assenti. "Só dessa vez."

"Só dessa vez", ele repetiu.

Mas eu sabia que estava abrindo um outro tipo de porta e que, como antes, seria uma porta que nunca mais poderia ser fechada novamente.

CAPÍTULO 11
A ORIGEM DO AMOR

MORRIGHAN

"O que é que há além das montanhas, Ama?"
"Nada para nós, criança."
Nós nos sentamos à sombra de um sicômoro, cheio e folhoso com o verão, moendo e transformando em pó nossas últimas sementes de amaranto.

"Tem certeza?", perguntei a ela.

"Eu já lhe contei essa história antes. Foi lá de onde seu pai veio em jornada. Apenas ele e um punhado de outros conseguiram. A devastação estava até mesmo pior por lá. Era bem mais brutal do que qualquer coisa neste lado das montanhas. Ele viu muitos morrerem."

Ela me contou sobre as nuvens sufocantes, o chão que tremia, os animais selvagens. As pessoas. Todas as coisas que papai havia lhe contado.

"Mas ele era apenas uma criança, e isso foi há muito tempo", falei.

"Não foi há tempo o bastante", foi a resposta dela. "Eu me lembro do medo nos olhos de seu pai quando ele falava disso. Ele estava feliz por estar onde estamos agora, deste lado."

Eu vi a idade agindo sobre Ama. Ela ainda era saudável, robusta até, para uma mulher de sua idade, mas o cansaço marcava sua face com linhas. Continuar seguindo em frente e mantendo a tribo em segurança tinha sido uma jornada infinita para ela. Aqui neste vale ela havia encontrado repouso por quase dois anos, mas ultimamente eu havia visto que ela ficava analisando as colinas e os penhascos que nos cercavam. Será que ela sentia alguma outra coisa? Ou seria apenas um hábito antigo voltando à tona? Será que ela estava com medo de acreditar que a paz pudesse durar?

Eu queria dizer desesperadamente a ela: *Os abutres estão partindo.* Nossa paz e nossos limites só haveriam de crescer se ficássemos aqui. Mas ela se perguntaria como eu sabia disso, e eu não poderia dizer a ela o que Jafir havia me contado: que nossa ameaça mais próxima poderia em breve ir embora para sempre. O clã dele queria ir embora. Eles falavam sobre ir para o outro lado das montanhas. Talvez até mesmo além disso. Eu tinha visto a preocupação nos olhos dele quando ele me disse isso. Eu a senti em meu coração. Se eles fossem embora, ele partiria também?

"Que tipo de animais?", eu perguntei.

Ama fez uma pausa na sua moagem das sementes e olhou para mim. Ela me analisou.

"Eu só estou curiosa", falei, e moí minhas sementes com mais vigor.

"Eu não sei os nomes de todos eles", foi o que ela me respondeu. "Um deles é chamado de tigre. Era menor do que um cavalo, mas com os dentes de um lobo e com a força de um touro. Ele viu quando uma das criaturas arrastou um homem pela perna, e não havia nada que pudesse fazê-la parar. Os animais também estavam famintos."

"Se os Antigos eram como deuses, construíam torres para o céu e voavam em meio às estrelas", falei, "por que eles tinham tais animais perigosos que não podiam ser controlados? Eles não tinham medo?"

Os olhos cor de cinza de Ama ficaram como aço. Sua cabeça virou-se levemente para o lado. "O que foi que você acabou de dizer?"

Olhei para ela, perguntando-me o que causara o repentino tom austero em sua voz.

"Você os chamou de Antigos", disse ela. "Onde foi que você aprendeu esse termo?"

Engoli em seco. Era a palavra usada por Jafir. "Não sei ao certo. Acho que o ouvi de Pata. Ou talvez foi Oni? É uma boa descrição, não é? Eles são um povo de um tempo bem antigo no passado."

Eu podia vê-la revirando minha explicação em sua cabeça. Seus olhos ficaram cálidos de novo, e ela assentiu. "Às vezes eu me esqueço de quanto tempo no passado."

MARY E. PEARSON

Eu fui mais cuidadosa com minhas palavras depois disso, dando-me conta de quantos termos eu havia aprendido com Jafir. Não era apenas eu que tinha ensinado coisas a ele. Arroios, platôs, fortificações, savana. As palavras dele eram de um mundo aberto. Eu o havia visto ganhar vida de novas maneiras enquanto percorríamos uma baixada ou quando ele, habilidosamente, guiava seu cavalo para cima em uma encosta rochosa de colina. Esse era o mundo dele, e ele era confiante, não mais o menino às vezes desajeitado que me beijava em um cânion fechado e asfixiante.

Eu ganhei vida com ele, permitindo-me acreditar, por mais brevemente que fosse, que esse era meu mundo também, que nossos sonhos estavam apenas depois da próxima colina, ou na próxima, e que tínhamos asas para nos levar até lá. No entanto, eu sempre olhava para trás por cima do meu ombro, sempre me lembrava de quem eu era e para onde eu estava destinada a voltar, a um mundo escondido no qual ele nunca se encaixaria. *Não há futuro para nós, Morrighan. Nunca poderá haver.*

Jafir também tinha um saber consigo. Era um saber no qual eu não queria pensar.

◦ 65 ◦

CAPÍTULO 12
A ORIGEM DO AMOR

JAFIR

ocê é um lobo solitário, sempre saindo sozinho." Fergus jogou um cobertor sobre as costas de seu cavalo. "Hoje você vai cavalgar conosco."

Eu já havia prometido a Morrighan que a encontraria cedo e que iríamos cavalgando até as cachoeiras onde crescia a sanguinária. Ela a havia avistado em um de nossos passeios a cavalo. Se eu desse sorte, poderia pegar um peixe com uma lança nas poças de água que havia lá também.

Fergus me bateu com o dorso da mão, fazendo com que eu caísse cambaleando para cima de meu cavalo. Recobrei minha estabilidade e senti o gosto do sangue na minha boca. Meus dedos curvaram-se e cerrei as mãos em punhos, mas eu sabia que era melhor não acertar o líder do clã.

"Qual é o problema com você?", ele berrou. "Você está me ouvindo?"

"Não há nada de errado em ir caçar sozinho. Sempre trago carne de caça para alimentar todo mundo."

"Coelhos!", zombou Steffan, aprontando seu próprio cavalo. "Ele não é nenhum lobo solitário! Ele não passa de um pato. Está sempre limpando as penas na água!"

"Isso se chama banho!", berrou Laurida de onde ela estava, em pé, parada perto dos fornos junto com Glynis e Tory. "Faria bem aos narizes de todos nós se vocês seguissem o exemplo de Jafir."

O restante do clã, que também estava colocando selas em seus cavalos, riu. Fergus ignorou Laurida, olhando para mim em vez disso, com uma cara feia e sombria. "Nós não vamos caçar hoje. Vamos invadir. Liam avistou uma tribo ontem."

"Uma tribo? Onde?", perguntei.

Ele confundiu minha resposta rápida com entusiasmo e sorriu. Era uma visão rara no rosto dele, especialmente se fosse dirigida a mim.

"Uma hora de cavalgada até o norte", ele me respondeu. "As barrigas deles estavam gordas, e seus cestos, cheios."

Respirei aliviado. A tribo de Morrighan estava para o sul e para o oeste. Nosso clã não havia atacado um acampamento sequer desde a última primavera. As tribos haviam ficado melhores em se esconder ou haviam se mudado para longe de nós.

"Você não precisa de mim", falei, olhando para Piers, Liam e o resto. "Você tem o bastante..."

67

Fergus me agarrou pela camisa, puxando-me bruscamente para perto dele, sua expressão era uma tormenta ameaçadora.

"Você vai cavalgar conosco. Você é meu filho."

Não haveria como dissuadi-lo. Assenti, e ele me soltou. Fiquei fitando-o enquanto ele montava em seu cavalo, perguntando-me o que o corroía. Não era típico dele nem mesmo se lembrar de que ele era meu pai.

Eles não lutaram em resposta a nós. Fiquei com náuseas com o quão facilmente a comida deles foi tomada. Tratava-se de uma tribo pequena, de cerca de umas nove pessoas, mas ninguém defendeu seu solo. Um atiçador de fogo de ferro estava perto da fogueira deles, uma faca em uma áspera mesa de madeira, pedras a seus pés, mas ninguém levantou uma mão que fosse na nossa direção. *Defendam-se*, eu queria dizer, mas eu sabia que se eles fizessem isso nós os mataríamos. Não todos eles, mas o bastante para enviar a mensagem. *Não lutem conosco. Nós estamos famintos como vocês e nós merecemos essa comida tanto quanto vocês, mesmo que ela tenha sido coletada por suas mãos.* Isso sempre havia feito sentido para mim, mas agora as palavras pareciam confusas, diferentes, como se tivessem sido reordenadas.

São eles ou nós. O sussurro estava fraco agora, e eu me perguntava se alguma vez eu o havia escutado. Eu não conseguia mais me lembrar do rosto dela, nem mesmo da cor de seus cabelos, mas eu ainda sentia os lábios da minha mãe junto aos meus ouvidos, doentes, com o acre cheiro de morte neles, sussurrando os modos do clã. *Há um saber entre as tribos, uma forma de conjurar comida das gramas secas das colinas. Como os deuses os abençoaram, eles deveriam nos abençoar também.*

Prendi um saco de bolotas de carvalho às costas de meu cavalo, enquanto o restante do clã fazia a pilhagem ou brandia suas armas como aviso. Eu mantive meu olhar voltado para baixo, concentrando-me em apertar a corda, evitando olhar para qualquer um deles, mas não conseguia ignorar os choramingos de uns poucos. Essas bolotas de carvalho, coletadas pela mão de outrem, não eram uma bênção para mim, e a bílis subia na minha garganta. O escárnio de meu pai veio à tona novamente. *Qual é o problema com você?*

Steffan olhou para uma menina que se acovardava atrás da mulher mais velha da tribo.

"Venha até aqui", ele a chamou.

Ela balançou a cabeça selvagemente, com os olhos arregalados, brilhando. A mulher puxou-a mais para perto de si, ombro com ombro.

"Venha!", ele berrou.

"Nós acabamos aqui", falei, agarrando-o pelo braço. "Deixe a menina em paz."

"Fique fora disso, Jafir!", ele berrou. Empurrou meu braço e avançou na direção dela, mas Piers se colocou em seu caminho.

"Como seu irmão disse, nós acabamos." Steffan já havia saído na briga com Piers antes, mas Fergus,

Liam e Reeve já saíam cavalgando. Os outros também estavam montando em seus cavalos para partir. Steffan olhou feio para a menina. "Eu vou voltar", ele disse em tom de aviso, e saiu junto com o restante de nós.

Nós viajamos rapidamente sobre a grama e sobre as colinas de volta até o acampamento, e a cada quilômetro minha raiva crescia. *Defendam-se*. Palavras conflitantes batiam-se em minha cabeça. *Eles ou nós.*

Na hora em que chegamos ao acampamento, apenas uma coisa estava certa para mim.

Eu nunca cavalgaria com eles de novo.

Eu veria meu povo morrer de inanição antes disso.

Eu retornei ao campo que tínhamos atacado no dia seguinte, sozinho, com duas fêmeas de pavão que eu tinha levado o dia todo para caçar. Tudo que restava do acampamento deles eram as cinzas frias de uma fogueira e restos espalhados de coisas deixadas para trás com a pressa.

A tribo havia se mudado para algum lugar onde não os encontraríamos novamente, e eu estava feliz ao ver que eles tinham ido embora.

Nosso clã do norte chegou no dia seguinte. Fergus havia dito para eles virem. Liam estava com raiva. Os números deles eram maiores do que os nossos, mas a maioria era de mulheres e crianças. Bocas que precisavam ser alimentadas. Enquanto nós tínhamos oito homens fortes em nosso clã de onze, eles tinham apenas quatro homens fortes em seu clã de dezesseis.

MARY E. PEARSON

"Eles são nosso povo", argumentou Fergus. "Os números nos tornarão fortes. Veja Harik, o Grande. Ele tem milhares consigo... o que significa poder. Ele poderia esmagar a todos nós de uma vez só. A única forma como nosso clã pode ser tão grande é se nossos filhos tiverem esposas e nossos números crescerem."

Liam argumentou que mal havia comida suficiente nas colinas para alimentar os nossos.

"Então encontraremos novas colinas."

Olhei para as crianças, aninhadas juntas, com medo demais para falar, com olheiras por causa da fome e dos vários dias caminhando. Laurida despejou água na panela que estava sobre o fogo para fazer com que o cozido rendesse e então acrescentou a ele dois grandes punhados da carne salgada que nós havíamos roubado da tribo. A mãe de uma das crianças começou a chorar. O som era cortante para mim, estranhamente familiar— eles ou nós —, e por um breve momento eu fiquei feliz pelo que havíamos roubado.

A noite passou, espinhosa e desconfortável, com as crianças comendo em silêncio, as farpas trocadas entre Liam e Fergus pesando sobre o restante do pessoal, com Liam ainda lançando olhares cheios de ódio para os recém-chegados. Com sua sopa terminada, as crianças e as mães olhavam taciturnas para a fogueira. O silêncio era sufocante. Eu preferia as querelas e briguinhas ao silêncio carregado de tensão.

A raiva acumulava-se dentro de mim, e sussurrei para Laurida: "Por que nunca contamos histórias?"

Laurida deu de ombros. "Histórias são um luxo dos bem alimentados."

71

CRÔNICAS DE MORRIGHAN

"Pelo menos histórias encheriam o silêncio!", soltei, irritado. "Ou nos ajudariam a entendermos nosso passado!" E então, mais baixo, bem baixinho, enquanto eu olhava para o chão, cheio de ódio: "Eu nem mesmo sei como morreu minha própria mãe".

De repente, as botas de Fergus preencheram meu círculo de visão. Ergui o olhar. Os olhos dele ardiam em chamas com a raiva. "Ela morreu de fome", disse ele. "Ela escondia sua porção de comida e dava a comida dela para você e para Steffan. Ela morreu por causa de vocês dois. Era essa a história que você queria ouvir?"

Em uma outra noite, eu poderia ter sentido o dorso da mão dele de novo, mas sua expressão estava tão cheia de repulsa que o esforço de me bater não deve ter parecido valer a pena, e ele se virou e saiu andando.

Não, essa não era a história que eu queria ouvir.

13
CAPÍTULO

A ORIGEM DO AMOR

MORRIGHAN

or onde você andou?", perguntei a ele, correndo a seu encontro enquanto ele descia de seu cavalo. Ele não havia aparecido por três dias, e eu temera o pior.

Ele veio para os meus braços, abraçando-me apertado, de um jeito estranho, desesperado.

"Jafir?"

Ele se puxou para trás, e então eu vi a lateral de seu rosto, onde um machucado púrpura o marcava da maçã do rosto até o maxilar, em um círculo debaixo de seu olho.

O medo agitava-se em meu peito. "Que animal fez isso?", perguntei em um tom exigente, esticando a mão para tocar na bochecha dele.

Ele tirou minha mão dali. "Isso não é nada."

"Jafir!", insisti.

"Não foi nenhum animal." Ele amarrou a corda de seu cavalo em um galho. "Foi meu pai."

"Seu pai?" Eu não conseguia esconder o meu choque, nem queria fazer isso. "Então ele é a pior espécie de animal."

Jafir girou, soltando o verbo para cima de mim. "Ele não é nenhum animal, Morrighan!" E então mais baixinho: "Nosso clã do norte chegou. Há muitas bocas a serem alimentadas. Ele tem que mostrar força ou nós nos tornaremos fracos".

Fiquei fitando-o, com o temor percorrendo-me como uma onda. Não se tratava mais de apenas conversa. Eles cruzariam as montanhas. Mantive minha voz estável, tentando esconder o meu medo. "Você vai embora com eles?"

"Eles são o meu povo, Morrighan. Há crianças pequenas..." Ele balançou a cabeça e, em um tom que continha tanto arrependimento quanto resignação, acrescentou: "Eu sou o melhor caçador do clã".

Isso porque o povo dele era preguiçoso e impaciente. Eles queriam aquilo pelo que eles não haviam trabalhado. Eu tinha visto Jafir armando cuidadosamente suas armadilhas, afiando suas flechas, analisando as gramas com o firme olhar de uma águia, procurando pelo mais leve farfalhar. "Antes de eles irem embora, você poderia ensinar a eles. Você poderia..."

"Eu não posso ficar neste cânion, Morrighan! Para onde eu iria?"

Eu não precisava dizer as palavras. Ele as viu nos meus olhos. *Venha comigo até minha tribo.*

Ele balançou a cabeça em negativa. "Eu não sou como os seus." E então, com um tom mais amargo, quase como uma acusação: "Por que vocês não carregam armas?".

Fiquei toda arrepiada, puxando meus ombros para trás. "Nós temos armas. Nós apenas não as usamos em pessoas."

"Talvez, se fizessem isso, vocês não seriam assim tão fracos."

Fracos? Meus dedos curvaram-se para formar um punho cerrado e, mais rápida do que uma lebre, dei um soco na barriga dele. Ele grunhiu, dobrando-se ao meio.

"Isso parece fraco para você, poderoso abutre?", falei, provocante. "E lembre-se de que nossos números são o dobro do de vocês. Talvez vocês é que deveriam seguir nossos modos."

Sua respiração voltou, e ele ergueu o olhar para mim, com os olhos cintilantes com uma vingança brincalhona. Ele pulou sobre mim, jogando-me no chão, e nós fomos rolando na grama da campina até que ele estava comigo presa debaixo de si.

"Como é que eu nunca vi esse acampamento de vocês? Onde fica?"

Um membro da tribo nunca entregava a localização do restante, mesmo que fosse pego. Nunca. Ele viu minha hesitação. O canto de sua boca repuxou-se, com ele desapontado porque eu não confiava nele. Mas eu confiava nele, sim, eu confiava minha vida a ele.

"É um vale", falei. "Que fica a apenas uma curta caminhada daqui. Uma liteira de árvores esconde o acampamento dos penhascos acima." Eu falei para ele que eu pegava a cadeia de montanhas que ficava logo do lado de fora da entrada deste cânion para chegar até lá. "Não fica longe. Você não quer vir comigo ver o lugar?", perguntei, pensando que ele havia mudado de ideia.

Ele balançou a cabeça em negativa. "Com mais bocas para alimentar, há mais caça a se fazer."

Um nó cresceu na minha garganta. O seu povo precisava dele. Eles o tirariam de mim. "Depois da montanha há animais, Jafir. Há..."

"Shhhhh", disse ele, descansando o dedo nos meus lábios. Ele estirou a mão para, com gentileza, aninhar o meu rosto. "Morrighan, a menina das lagoas e dos livros e do saber." Ele ficou me fitando como se eu fosse o ar que ele respirasse, o som que aquecia suas costas e as estrelas que iluminavam seu caminho, um olhar contemplativo que dizia: Eu preciso de você. Ou talvez fossem todas aquelas coisas que eu queria ver nos olhos dele.

"Não se preocupe", disse ele por fim. "Nós não partiremos por um bom tempo. Mais suprimentos precisam ser reunidos para tal jornada e, com tantas bocas a alimentar, é difícil guardar alguma coisa. E alguns no clã opõem-se à jornada. Talvez ela nunca vá acontecer. Talvez exista uma forma para continuarmos fazendo como sempre fizemos."

Eu me segurei naquelas palavras, querendo que fossem verdade.

Tem de haver um jeito, Jafir. Um jeito para nós.
Nós cavalgamos pelas clareiras da selva e pelas gargantas, preparando armadilhas, perseguindo aves de caça, e andávamos na água nas margens de lagoas, soltando cormos com os dedos de nossos pés. Nósríamos e tínhamos brigas bobas e nos beijávamos e nos tocávamos, pois a exploração nunca tinha fim. Sempre havia novas maneiras de ver e conhecer um ao outro. Por fim, com seis pombos da rocha e um saco de cormos pendurado na parte de trás da sela dele, ele me disse que havia um outro pedaço do mundo dele que ele queria que eu visse.

"É magnífico", falei.
Estranha e bizarramente magnífico.
Nós ficamos em pé na beirada de um lago raso, com a água batendo em nossos pés descalços. Jafir estava atrás de mim, parado e em pé, circundando minha cintura com os braços, com seu queixo roçando minha têmpora.
"Eu sabia que você ia gostar", disse ele. "Deve haver uma história ali."
Eu não conseguia imaginar exatamente que história seria, mas tinha de ser uma história de aleatoriedade e acaso, de sorte e destino.
Em um montículo de terra no meio do lago havia uma porta, o que outrora certamente fizera parte de algo maior, mas o restante havia sido há muito tempo varrido para longe. Um lar, uma família, vidas que importavam para alguém. Que se foram.

CRÔNICAS DE MORRIGHAN

De alguma forma, somente a porta havia sobrevivido, ainda pendurada em seu batente, uma sentinela improvável de uma outra época. Ela oscilava na brisa como se dissesse: *Lembre-se. Lembre-se de mim.*

A madeira da porta estava embranquecida, tão branca quanto a grama seca do verão, mas a parte que havia restado e que me deixava mais impressionada era uma janela minúscula, não maior do que a minha mão, na parte superior da porta. A janela era feita de um vidro colorido vermelho e verde unido como um aglomerado de frutos maduros.

"Por que foi que isso sobreviveu?", perguntei a ele.

Senti Jafir balançando gentilmente a cabeça. E então o sol da tarde mergulhou mais baixo no céu, e os raios passaram pelos painéis exatamente como Jafir prometera que seria, lançando a nós dois uma luz das joias.

Eu senti a magia disso, a beleza de um momento que logo cessaria, mas que eu queria que durasse para sempre. Eu me virei e olhei para o prisma de luz que coloria os cabelos de Jafir, a ondulação de seu lábio, minhas mãos em seus ombros, e eu o beijei, pensando que talvez um tipo de magia pudesse fazer o encanto durar para sempre.

78

CAPÍTULO 14
A ORIGEM DO AMOR

JAFIR

iam estava morto.
Fergus o havia matado.
Quando cheguei de volta no acampamento, Fergus estava amarrando o corpo às costas do cavalo de Liam para desová-lo em algum outro lugar. Havia somente sussurros cheios de cautela em meio a uns poucos. Até mesmo Steffan segurava a língua.

Reeve puxou-me para o lado e me contou o que havia acontecido.

Um bebê estivera berrando a tarde toda, e Liam estava tenso, falando para a mãe que fizesse com que a criança calasse a boca. Na hora em que Fergus entrou cavalgando no acampamento, Liam estava bêbado e procurando briga. Ele foi para cima de Fergus novamente e eles discutiram, mas dessa vez Liam não queria deixar as coisas para lá. Ele queria que o pessoal do norte fosse embora e que o clã ficasse onde estava, senão ele iria embora com sua parte dos grãos. Fergus avisou-o de que, se ele tocasse em um saco de suprimentos que fosse, o mataria, dizendo que a comida era para todo o clã, e não apenas para um deles. Liam ignorou-o e levantou um saco em seu ombro, carregando-o na direção de seu cavalo.

"Fergus foi fiel a sua palavra. Ele tinha que ser. Liam traiu o clã. Ele tinha que morrer", sussurrou Reeve, sem dizer exatamente como Fergus o havia matado.

O povo nortenho observava o espetáculo ao mesmo tempo com medo e respeito. Laurida estava nas sombras, com o olhar fixo em Fergus, e as linhas em seus olhos estavam pesadas de tristeza.

Olhei para ele, meu pai, puxando a tira e a apertando no corpo de Liam. Determinado. Com raiva. Seu silêncio dizia mais do que qualquer outra coisa. Liam era irmão dele.

A noite foi especialmente longa, com o silêncio crescendo como uma cerca viva e espinhenta entre nós, e, depois que a última das crianças foi colocada para dormir e que Fergus havia voltado com o cavalo vazio de Liam, eu me dirigi para o meu próprio saco de dormir. Steffan esbarrou com um dos ombros em mim quando estava de passagem, como se sem querer. "Onde você esteve o dia todo, Jafir? Caçando?"

Olhei para ele, pego de surpresa por sua pergunta. Ele nunca trazia o assunto da minha caça à tona, visto que eu tinha mais habilidades nisso do que ele. "O mesmo que faço todos os dias", respondi. "Você não viu os animais que cacei e toda a comida que eu trouxe?"

Ele assentiu. Depois ele sorriu. "Vi si. Parabéns, irmãozinho." Ele deu tapinhas nas minhas costas e saiu andando.

Saí cedo no dia seguinte, colocando armadilhas extras ao longo do caminho, tropeçando, descuidado, em algumas, e tendo de armá-las novamente. Eu não conseguia me concentrar. Meu foco estava dividido, pulando da minha última imagem de Liam, com os braços pendurados e soltos no cavalo de Fergus, para as palavras de Reeve — Liam traiu o clã. Ele tinha que morrer — e então para a imagem das mães fazendo com que suas crianças se calassem, com medo de agitarem uma outra briga. Como poderiam os animais selvagens que viviam além das montanhas serem pior do que isso? Com a última armadilha montada, forcei meu cavalo a seguir mais rápido em frente para chegar até Morrighan, bloqueando o mundo e deixando-o de fora, como se o vento que me atravessava pudesse carregar para longe o que ficara atrás de mim.

A ORIGEM DO AMOR

MORRIGHAN

Tinha sido uma longa manhã, e a preocupação me cutucava como se fosse uma agulha a cada hora que passava. Embora eu tivesse terminado minhas tarefas cedo, tirando as ervas daninhas do jardim, reparando as cestas desgastadas e removendo novas cascas de juncos para o piso, quando eu disse a Ama que ia sair para coletar comida, ela encontrou outra tarefa para mim, e depois mais outra. A manhã deu lugar ao meio-dia. Minha ansiedade ardia a fundo enquanto eu observava Ama voltando olhares de relance na direção do fim do vale, e quando eu finalmente peguei meu saco para sair ela disse: "Leve Brynna e Micah com você".

"Não, Ama", eu grunhi. "Eu trabalhei com eles por todas as tarefas desta manhã e nenhum dos dois para de falar. Eu preciso de um pouco de paz. Não posso pelo menos coletar comida sozinha?"

A preocupação estava entalhada no rosto dela, e eu parei, olhando para seu cenho franzido. "O que foi?" Eu fui até ela, pegando suas mãos nas minhas e apertando-as. "O que é que a está perturbando?"

Ela tirou uma mecha de cabelos grisalhos do rosto. "Houve um ataque. Pata foi até o planalto hoje de manhã para pegar sal e avistou uma tribo viajando para o sul. O acampamento deles, que ficava a três dias ao norte daqui, foi atacado por abutres."

Pisquei, não bem acreditando no que ela havia dito. "Tem certeza disso?"

Ela assentiu. "Eles disseram a Pata que um deles se chamava Jafir. Não foi esse o abutre que você conheceu tantos anos atrás?"

Balancei a cabeça, lutando para dar uma resposta a ela, tentando entender a situação. Não, não Jafir. "Ele não passava de um menino", falei. "Eu... eu não me lembro do nome dele." Todas as minhas partes estavam sem fôlego. "Foi muito tempo atrás." Minha mente girava, e eu não conseguia me concentrar. *Abutres? Jafir atacando um acampamento?*

Não.

Não.

Eu forcei minhas dúvidas a pararem e mantive minha respiração constante. "Nós estamos em segurança, Ama. Nós estamos escondidos. Ninguém sabe onde estamos, e três dias ao norte é bem longe daqui."

"Três dias de caminhada, sim. Mas não para abutres montados em cavalos velozes."

Eu a reconfortei novamente, lembrando-a de quanto tempo nós havíamos ficado aqui sem sequer vermos alguém fora de nossa tribo. Eu prometi que seria cautelosa, mas disse que não poderíamos deixar que o que aconteceu há muitos quilômetros nos deixasse com medo de nosso próprio lar. *Lar.* O mundo flutuava em meu peito, parecendo mais frágil agora.

Relutante, ela me deixou ir, e eu desci às pressas o caminho até o cânion, passando pela campina e subindo os degraus das ruínas e entrando em sua escura caverna. Ele ainda não estava lá. Andei de um lado para o outro, esperando, varrendo o chão, empilhando os livros, tentando manter minhas mãos e meus pensamentos ocupados. Como alguém tinha ouvido o nome de Jafir? Ele passava todos os dias comigo.

A não ser por aqueles três dias em que ele não tinha vindo.

Eu me lembrei de como ele me abraçou quando finalmente apareceu, um estranho abraço, que parecia diferente. Mas eu conhecia Jafir. Eu conhecia seu coração. Ele não faria...

Ouvi passadas e me virei.

Ele estava parado na entrada, sem camisa – como ele ficava na maioria dos dias de verão –; alto; seus cabelos, uma juba selvagem; seus braços, bronzeados e musculosos; sua faca, segura na lateral de seu corpo. Um homem. Mas então eu o vi como Ama e o restante da tribo o veriam. *Um abutre. Perigoso. Um deles.*

"O que há de errado?", ele me perguntou, e veio correndo até mim, segurando meus braços como se alguma parte minha estivesse machucada.

"Houve um ataque. Uma tribo no norte havia sido atacada."

Eu vi tudo que precisava saber nos olhos dele. Eu me puxei e me soltei dele, com soluços e choro subindo à garganta. "Pelos deuses, Jafir." Fui cambaleando para longe, desejando estar em qualquer lugar que não fosse aqui. Fui cambaleando cada vez mais a fundo na escuridão das ruínas.

"Deixe-me explicar", ele implorou, seguindo-me, segurando na minha mão, tentando me parar.

Eu me soltei bruscamente dele e me virei. "Explicar o quê?", berrei. "O que foi que você pegou, Jafir? O pão deles? Um cabritinho? O que foi que você pegou que não lhe pertencia?"

Ele ficou me fitando, com uma veia erguida em seu pescoço. Seu peito erguia-se em respirações profundas e controladas.

"Eu não tive escolha, Morrighan. Eu tinha que ir cavalgar com meu clã. Foi assim que consegui isso", disse ele, fazendo um movimento e apontando para seu rosto machucado. "Meu pai exigiu que eu fosse. Nosso povo do norte estava vindo e..."

"E as bocas deles eram mais importantes do que as da tribo?"

"Não. Não é nada disso. É desespero. É..."

"É preguiça!", falei, cuspindo. "É ganância! É..."

"Isso é errado, Morrighan. Eu sei disso. Eu juro para você que, depois daquele dia, eu prometi que nunca mais cavalgaria com eles de novo, e não farei isso. Aquilo me deixou enojado, mas..." Ele balançou a cabeça em negativa e se virou, como se não quisesse meu olhar em cima dele. Ele realmente parecia estar enojado.

Segurei no pulso dele, forçando-o a se virar novamente para mim. "Mas o quê, Jafir?"

"Eu também entendi!", ele gritou, não mais apologético. "Quando eu vi as crianças comendo, quando ouvi uma mãe chorando, eu entendi o medo delas. Nós morremos, Morrighan. Nós morremos assim como vocês! Nem todos nós batemos em nossas crianças. Às vezes nós morremos por elas... e talvez até mesmo façamos o indizível por elas. "

Abri a boca com uma resposta cortante na ponta da língua, mas a angústia na expressão dele fez com que eu a engolisse. A fadiga me lavava. Baixei o olhar para o chão, com meus ombros repentinamente pesados. "Quantas?", perguntei. "Crianças?"

"Oito." A voz dele estava fina como a névoa. "A mais velha tem quatro anos, e a mais nova só tem uns poucos meses."

Eu apertei os olhos e os fechei. Ainda assim não era desculpa!

"Morrighan. Por favor."

Ergui o olhar. Ele me puxou para junto de seu peito, e minhas lágrimas eram quentes no ombro dele.

"Eu sinto muito", ele sussurrou nos meus cabelos. "Eu prometo que isso nunca vai acontecer de novo."

"Você é um abutre, Jafir", falei, sentindo a desesperança de quem ele era.

"Mas eu quero ser mais do que isso. Eu serei mais do que isso."

Ele ergueu meu rosto para junto do dele, limpando com um beijo uma lágrima em minha bochecha.

"Então... isso é o que você vem caçando todos os dias."

Eu e Jafir nos separamos em um pulo, alarmados pela voz.

Um homem cruzou a porta, com um modo casual de andar. "Muito bem, irmão. Você encontrou a tribo. Onde está o resto?"

"Por que você está aqui?", Jafir exigiu saber.

"Coisinha bonita. Qual é o seu nome, menina?", disse ele, ignorando Jafir. Seus olhos frios e azuis rolavam por mim, e eu me senti como uma presa sendo avistada por um animal faminto. Ele deu um passo mais para perto de mim, analisando-me, e depois abriu um sorriso.

"Ela é uma retardatária da tribo que atacamos", Jafir disse a ele. "Eles estão de mudança."

"Eu não me lembro de vê-la entre eles."

"Isso foi porque você estava de olho em outra."

Eu não conseguia respirar. Uma batida selvagem socava dentro da minha cabeça.

"Estão de mudança, mas não antes de você se divertir um pouco?" Ele voltou a olhar para mim. "Venha cá", disse ele, acenando para mim, para que eu fosse na direção dele, com a mão. "Não vou morder."

Jafir deu um passo à minha frente. "O que você quer, Steffan?"

"Apenas isso que você vem curtindo. Nós somos parentes. Nós dividimos." Ele se mexeu para dar a volta em Jafir, e Jafir lançou-se para cima dele. Ambos foram tropeçando para trás e bateram com tudo na parede mais afastada. Uma chuva de poeira caiu em volta deles. Embora Jafir fosse mais alto, Steffan era robusto, com a constituição física de um touro, e havia peso por trás de seu punho cerrado. Ele socou a barriga de Jafir, depois o socou novamente, dessa vez em seu maxilar. Jafir foi cambaleando para trás, mas atacou o irmão na próxima respiração, acertando o queixo de Steffan com seu punho cerrado. Ele desferiu um golpe novamente, derrubando o irmão no chão dessa vez e, em um instante, sua faca estava na garganta de Steffan.

"Vá em frente, irmão", berrou Jafir entre suas respirações pesadas. "Mexa-se! Eu adoraria passar essa faca por seu pescoço grosso!" Ele pressionou a lâmina mais junto do pescoço do irmão.

Steffan olhou com ódio para mim, depois voltou a olhar para seu irmão. "Você é ganancioso, Jafir. Fique com ela para si, então", disse ele, em um tom de escárnio. "O tipo dela são uns tolos e idiotas mesmo."

O peito de Jafir subia e descia com a raiva, seu punho cerrado ainda mantendo sua pegada apertada na faca, e eu achei que ele poderia enfiá-la a fundo na garganta do irmão, mas ele finalmente

≈ 88 ≈

se levantou e ordenou que Steffan fizesse o mesmo. Steffan fez o que ele mandou, limpando, indignado, a poeira de suas roupas, como se ele estivesse limpo antes da briga.

"Vá", ordenou-lhe Jafir. "E nunca volte aqui. Você está entendendo?"

Steffan abriu um sorriso afetado e foi embora. Jafir ficou parado na entrada olhando enquanto o outro partia.

Era isso? Ele ia embora?

Minhas mãos tremiam descontroladamente, e eu as pressionei nas laterais do meu corpo, tentando fazer com que a tremedeira parasse. Eu não disse uma palavra durante a situação toda... minha garganta ficara paralisada pelo medo. Um sussurro trêmulo finalmente saiu. "Jafir." O terror socava minha cabeça. "Como foi que ele nos encontrou?"

Os olhos de Jafir estavam selvagens, e seu lábio sangrava, o sangue escorria e manchava seu peito. "Eu não sei. Ele deve ter me seguido. Eu sempre fui cuidadoso, mas hoje..."

"O que é que nós vamos fazer?", perguntei, entre choro e soluços. "Ele vai voltar! Eu sei que vai voltar!"

Jafir segurou minhas mãos, tentando fazer com que minha tremedeira parasse. "Sim, ele voltará, o que significa que você não pode nunca mais voltar para cá, Morrighan. Nunca. Nós encontraremos um outro lugar para nós..."

"Mas, a tribo! Eles não estão longe! Eles vão encontrá-los! Como você pôde deixar que ele o seguisse, Jafir? Você prometeu. Você..." Eu girei, limpando o cenho com a base da mão, tentando pensar com o pânico erguendo-se dentro de mim.

Jafir me segurou pelos ombros. "Ele não vai encontrar a tribo. Você mesma disse que o vale fica bem escondido. Eu nunca o encontrei. Steffan é preguiçoso. Ele não vai nem mesmo tentar."

"Mas e se ele contar para os outros?"

"Vai dizer o que a eles? Que ele encontrou uma menina de uma tribo que nós já atacamos? Tribo esta que já havia abandonado seu acampamento e que estava de mudança? Você não tem nenhum valor para eles."

Jafir insistiu em me levar a cavalo de volta para a cordilheira que dava para a minha tribo, só para o caso de o irmão dele ter ficado um tempinho mais por lá, mas Steffan se fora. A campina e o cânion pareciam estar como sempre estiveram, silenciosos e livres de ameaças. Meu coração começou a bater em seu ritmo normal novamente. Jafir disse que ele me encontraria em uma greta na cordilheira dentro de três dias, tempo para que Steffan relaxasse e acreditasse que a tribo atacada se fora há muito tempo e para bem longe. Ele segurou apertado na minha mão enquanto eu descia do cavalo, olhando para mim como se essa pudesse ser a última vez em que ele ia me ver, com uma fenda entre as sobrancelhas.

"Três dias", ele disse de novo.

Assenti, com a preocupação se contorcendo na minha garganta, e eu finalmente puxei minha mão da dele.

CAPÍTULO 16
A ORIGEM DO AMOR

JAFIR

Meu rosto ardia com o vento. Eu cavalgava o mais rápido que conseguia, apanhando minhas armadilhas enquanto isso. Todas elas estavam vazias, mas isso não parecia importar. Eu só conseguia pensar em Steffan e na forma como ele sorrira para mim na noite passada. Eu entendia agora. De alguma maneira ele havia nos avistado, ele tinha me visto cavalgando com Morrighan. Ou talvez tivesse sido quando estávamos andando na lagoa?

Retracei nossos passos, tentando pensar em onde podia ter sido. Eu nunca a levava a nenhum lugar perto de nosso acampamento, e Steffan era preguiçoso e raramente ficava longe de lá, mas Fergus tinha ficado mais ameaçador desde a chegada do pessoal do norte. Mais insistente quanto à formação de nossas reservas. Ninguém deveria voltar de mãos vazias, e... agora eu via isso claramente... é claro que Steffan me seguiria, visto que eu era o melhor caçador. Talvez ele já tivesse esvaziado as minhas armadilhas.

A imagem dele vindo para cima de nós passou de novo pela minha mente como um lampejo. Parado na entrada, calmo e confiante, com aquele mesmo sorriso da noite anterior espalhado em seu rosto.

O temor insinuava-se por mim, e minhas mãos apertaram-se nas rédeas. Por quanto tempo ele havia estado lá na entrada ouvindo? O medo explodia nas minhas veias. *Morrighan.* Eu tentei me lembrar de todas as palavras que eu havia dito, mas era tudo uma confusão só: eu tentando convencê-la de que eu nunca atacaria uma tribo novamente, o desespero nos olhos dela, a decepção, minhas promessas. *Mas será que eu havia dito o nome dela?* Será que ele me ouviu chamando-a de Morrighan?

Qual é o seu nome, menina?, ele havia perguntado.

Por que Steffan se importaria com um nome a menos que ele tivesse suspeitas? A menos que ele o tivesse ouvido.

E o nome Morrighan tinha muito valor — pelo menos para uma pessoa —, o que o tornava valioso para Steffan também.

Quando cheguei de volta ao acampamento, desci do meu cavalo em um pulo, não me dando ao trabalho de amarrá-lo. Laurida carregava uma criança em seu quadril, deixando-a sorver o caldo de uma xícara.

"Onde está o Steffan?", eu quis saber em um tom exigente.

Ela olhou para mim, erguendo uma única sobrancelha, com ares de suspeita. "O que é toda essa pressa de hoje?", ela me perguntou. "Steffan acabou de passar por aqui também, tempestuosamente. Ele está lá embaixo no círculo de casas, junto com os outros. Harik e seus homens estão se reunindo com Fergus — passando a bebida fermentada."

O suor imediatamente tomou meu rosto. *Não, não Harik. Não hoje.* Eu fui correndo até os alojamentos, mas já era tarde demais. Steffan estava andando todo pomposo em volta a fogueira fria, anunciando seu achado a todos eles: uma menina do povo da tribo.

"Eu a encontrei", disse ele. "Morrighan."

O grupo ficou em silêncio. As feições de Harik assumiram ares mais pungentes, e ele se inclinou para a frente. É claro que Steffan não fez menção a mim... a descoberta tinha de ser toda dele. Ele banhava-se na atenção de Harik e Fergus, contando a eles a história de sua furtividade.

Olhei com ódio para ele. "Como você sabe que é ela?"

"Ela estava conversando com uma mocinha tola que falou guinchando o nome dela."

Quando Fergus quis saber por que ele não a havia trazido até ali, Steffan disse que ele estava em seu cavalo em uma cordilheira acima delas e que, quando as meninas o viram, elas saíram correndo.

Mas ele tinha visto para qual direção elas haviam ido. O acampamento estava perto. Eu quase fiquei assombrado com o quão rapidamente ele conjurava histórias. Eu sabia que não era para me proteger, mas sim para manter toda a glória para si.

Harik tomou um longo gole de sua bebida fermentada. "Então isso significa que a velha também está por perto. Tantos anos..." Ele disse isso mais para si mesmo do que para nós. Sua voz estava carregada de curiosidade. "As provisões deles provavelmente são ótimas." No entanto, o interesse dele parecia estar em mais do que apenas as provisões de comida deles.

Eles começaram a fazer planos para irem cavalgando até o acampamento, e Steffan rapidamente voltou atrás, dizendo que ele não tinha visto exatamente onde ficava o acampamento, mas que ele poderia levá-los perto o bastante, e à noite com certeza eles veriam uma fogueira para ajudar a guiá-los até lá.

Dei um passo à frente, zombando do que Steffan dizia. "Eu vi a tribo que nós atacamos uns dias atrás logo a leste daqui e dirigindo-se para o sul", falei. "Ela provavelmente era um deles. Por que vamos perder tempo com isso?"

Steffan insistiu que ela não era um deles, e, quanto mais eu argumentava, dizendo que não deveríamos ir, mais ele ficava com raiva... mais todos ficavam com raiva, exceto Harik. Ele me fitava com um olhar frio, o queixo levemente erguido. Todo mundo notou isso e se aquietou. "Deixem o menino ficar para trás se é isso que ele quer", ele disse enquanto se levantava. "Mas ele não aproveitará nenhum dos frutos de nossa cavalgada." Ele olhou para Fergus, buscando confirmação.

Fergus olhou com ódio para mim. Eu o havia humilhado na frente de Harik. "Nenhum", ele confirmou.

Todos eles foram em direção a seus cavalos, nossos homens mais Harik e os quatro homens dele. Eu não conseguiria impedir todos. Eu tinha de ir junto com eles. "Eu vou", falei, já tentando pensar em maneiras como eu poderia despistá-los. E se eu não conseguisse fazer isso e eles encontrassem o acampamento, eu sabia que eu tinha de me manter entre Steffan e Morrighan.

CAPÍTULO 17
A ORIGEM DO AMOR

MORRIGHAN

Eu e Jafir tínhamos tido uma vida entre nós. Parecia não haver um antes... não um antes que importasse. Meus dias eram medidos não em horas, mas sim pelos pontinhos de cor que dançavam nos olhos dele enquanto ele olhava nos meus, pelo sol em nossas mãos dadas, nossos ombros se tocando enquanto líamos. O sorriso dele vinha facilmente agora, o menino magrelo que fazia cara feia agora era uma memória indistinta. *O sorriso dele.* Senti um frio na barriga.

Nós tínhamos algo que era longo e duradouro demais para que fosse varrido em um único dia... ou por um erro. Ele havia me prometido que nunca mais cavalgaria com eles novamente. E agora ele havia me prometido três dias. Dentro de três dias nós nos veríamos. Começaríamos de novo e faríamos planos para um novo e mais seguro local de encontro.

Durante umas poucas horas, isso me confortou além da razão. Isso falava do futuro. *Três dias.* Jafir acreditava que tudo ficaria certo novamente. Que isso passaria. Parei de sentir um frio na barriga. Minha pulsação aquietou-se. Não havia qualquer necessidade de alertar o restante da tribo e deixá-los preocupados. Eu segui fazendo meus deveres da noite, mas eu sabia que Pata e Oni haviam notado que eu nada tinha trazido de volta comigo hoje. Eu sempre trazia alguma coisa, pelo menos algumas sementes ou um punhado de ervas. Mas elas nada compartilharam com Ama, que estava ocupada amarrando o javali com Vincente. Talvez elas achassem que eu estivesse doente. Esfreguei a testa algumas vezes e vi um aceno de entendimento se passar entre elas. Tentei manter todas as minhas outras ações e palavras casuais.

Porém, quando o crepúsculo deu lugar à noite, até mesmo enquanto levantávamos as peles e os juncos para deixar passar uma brisa pela longa casa no calor do verão, até mesmo enquanto eu colocava mais gravetos e galhos na fogueira para manter o javali assando, eu sabia. Eu e Jafir não haveríamos de nos encontrar na greta dentro de três dias. Nós jamais haveríamos de nos encontrar lá.

Está nas mágoas.

No medo.

Na necessidade.

Eis quando o saber ganha asas.

Ama havia usado muitas formas diferentes para explicá-lo para mim. Quando os poucos que sobraram nada mais tinham, eles tiveram de voltar ao modo do saber. Foi assim que eles sobreviveram.

No entanto, esse saber que se contraía nas minhas entranhas não se parecia nem um pouco com asas.

Pelo contrário, tratava-se de algo escuro e pesado, que se espalhava, apertando cada nó na minha coluna, um de cada vez, como passos se aproximando. Aqueles poucos dias haveriam de passar, e Jafir não estaria lá.

Eu me reclinei junto ao poste da casa grande, olhando para as escuras cavidades entre as árvores onde grilos cricrilavam suas canções noturnas, sem saberem daquilo que eu sentia no meu coração. As gêmeas dançavam perto da fogueira, animadas por causa do javali. Embora tivessem oito anos de idade, elas nunca haviam comido javali, e seu aroma pairava no ar, forte e pungente. Carys o havia abatido com um porrete enquanto coletava cogumelos na sombra do álamo. Era uma delícia rara.

Nós levamos nossa refeição para fora, nos sentamos nos tapetes tecidos em volta da fogueira e, assim que comi, me senti melhor. Nedra assoviou uma melodia, aumentando os ares festivos. Meu ânimo ergueu-se temporariamente, e eu me perguntei se seria a fome o que estivera me incomodando o tempo todo.

Todavia, quando me levantei e olhei para a extensão de nosso vale até onde a luz da fogueira me permitia enxergar, o peso me apanhou de novo, tirando meu fôlego. Isso não fazia qualquer sentido. Não havia algo além de paz, mas então Ama veio atrás de mim e colocou uma das mãos no meu ombro.

"O que você está sentindo?', ela me perguntou.

Eu vi aquilo nos olhos dela também.

"Vamos jogar água na fogueira", disse ela, "e levar as crianças e os outros para dentro."

Mas já era tarde demais.

O som rugia para cima de nós, as batidas dos cascos dos cavalos que pareciam vir de todos os lados. Houve confusão a princípio, as gêmeas gritando, todo mundo se virando, tentando ver do que se tratava, e então lá estavam eles, os abutres nos cercando, dando voltas em seus cavalos, certificando-se de que nenhum de nós saísse correndo. A tribo ficou paralisada enquanto os predadores se aproximavam, com todos nós em silêncio, exceto pelos choramingos de Shantal. Embora tivessem se passado dois anos, a morte de Rhiann ainda estava fresca nas mentes de todos nós.

O líder, Harik, fez um movimento para mais cavaleiros que haviam ficado para trás, nas sombras, e eles entraram tempestuosamente na casa grande em seus cavalos, arrancando as paredes conforme a invadiam. Eles desceram de suas montarias e começaram a pegar sacos de grãos e favas secas que havíamos guardado para o inverno, remexendo em nossos outros suprimentos, arrancando peles das paredes, enchendo seus sacos com tecidos e roupas, pegando tudo que queriam e jogando fora o restante.

Um outro abutre, a quem os outros chamavam de Fergus, ordenou que mais deles fizessem uma busca na escuridão com tochas, procurando por cercados de animais. Nós ouvimos os guinchados de nossas

CRÔNICAS DE MORRIGHAN

galinhas quando eles as encontraram. Elas também foram enfiadas em sacos.

Era um redemoinho de movimentos — carne e armas e fervor — tornando difícil distinguir um abutre do outro no ímpeto descuidado deles, mas havia uma cor. Um lampejo. Uma maçã de rosto. Um peito. Um longo emaranhado de cabelos.

O clamor ficou repentinamente distorcido e abafado, o mundo movendo-se mais lentamente. Virando de cabeça para baixo.

Jafir.

Jafir estava com eles.

Ele erguia um grande saco de grãos nas costas de seu cavalo.

Meus ossos viraram água.

Ele os havia trazido até aqui. Ele trabalhava lado a lado com seu irmão. Eles eram habilidosos na arte da pilhagem. Rapidamente eles tinham acabado, e deixaram a casa grande para ficar andando em círculos ao redor de nós.

Os olhos de Jafir encontraram-se com os meus, e meu entorpecimento desapareceu.

Eu tremia de raiva. Os olhos dele não demonstravam misericórdia nem compaixão. Steffan esticou a mão para pegar o pouco que sobrara de nosso javali, que ainda estava no espeto, e se pôs a embrulhá-lo em uma pele também. Eu avistei a faca que Carys havia usado para cortar a carne a apenas um braço de distância de mim, em cima de uma pedra.

⚭ 100 ⚭

"Deixem alguma coisa para nós!", eu berrei enquanto dava um passo à frente para pegar a faca, mas Ama foi extremamente rápida e me puxou para trás.

"Fique quieta, criança", ela sussurrou. "Deixe que eles peguem as coisas."

Harik virou seu cavalo ao ouvir minha voz e o guiou mais para perto de mim. Suas facas de prata brilhavam nas laterais de seu corpo, e ele olhou para mim. "Ela cresceu."

Ama empurrou-me mais para longe, atrás dela. "Você e seus ladrões têm o que vocês querem, Harik. Agora sigam seu caminho."

Ele era um homem de estatura enorme, com sobrancelhas pesadas e corpulentos punhos cerrados. No entanto, eram os olhos dele que mais me assustavam. Olhos que se estreitaram enquanto ele me analisava antes de voltar a olhar para Ama. "É meu direito, velha mulher, ter o que é do meu sangue."

Ama não recuou, e eu fiquei pasmada com a familiaridade de um para com o outro. "Você não tem nenhum direito aqui", disse ela. "Ela não é nada sua."

"É nisso que você gostaria que eu acreditasse", disse ele, cujo olhar voltou-se novamente para mim. "Olhe para os cabelos dela. O brilho feroz nos olhos dela. Ela quer matar a todos nós. Isso é meu."

Eu não tinha como interpretar errado o orgulho na voz dele. Meu estômago se revirou, e minha cabeça doía. Senti minha refeição subindo por minha garganta, o javali, vivo e com gosto forte. Minha memória teve lampejos dos sussurros de Ama, Oni e Nedra, os sussurros que há muito eu havia negado. A verdade.

Voltei a olhar para ele, engolindo minha repulsa e minha vergonha. "Você não passa de um animal para mim, que nem os outros."

Steffan veio com tudo na minha direção, dando um discurso sobre lições e minha falta de respeito, mas Jafir se pôs na frente dele, jogando-o para o lado e avançando na minha direção no lugar dele. Ele levantou o braço, com o dorso da mão em uma posição como que para me bater. "Segura sua língua, menina, a menos que você queira que eu a corte fora." Ele inclinou-se para perto de mim, abaixando sua voz para um rosnado. "Está me entendendo? Agora recue e junte-se aos outros."

Meus olhos ardiam. Quem era ele? Não o Jafir que eu achava que conhecia. Minha visão ficou turva. "Como você pôde fazer isso?"

Ele olhou com ódio para mim, com o rosto e o peito brilhando com o suor na luz do fogo. Ele cheirava a cavalo, terra e engodo. "Vá para trás", ele me ordenou de novo, entredentes.

Retribuí o olhar cheio de ódio dele. "Eu odeio você, Jafir de Aldrid", sussurrei. "E juro que vou amaldiçoar o seu nome e odiá-lo até meu último suspiro."

"Já chega! Vamos embora!", berrou Harik, virando seu cavalo. "Nós temos o que queremos." E então ele voltou-se para Ama, com um olhar penetrante e cheio de ódio. "Por ora."

Eles partiram, sendo Jafir o último de todos, seguindo nos calcanhares deles.

A partida deles foi apressada e selvagem, exatamente como sua chegada, e Pata soltou um grito, correndo para evitar um cavalo que vinha em sua direção. Ela caiu, mas os cavalos continuaram seguindo em frente. Um deles a pisoteou, esmagando sua perna. Ela se contorcia de dor, e nós corremos para ajudá-la. Carys examinou-a e disse que a perna dela estava severamente quebrada. Seis de nós a erguemos com gentileza e a carregamos para o que havia sobrado da casa grande, abrindo um espaço em meio aos destroços espalhados para deitá-la ali. Carys começou a examinar a perna dela enquanto Oni sussurrava palavras de conforto ao ouvido de Pata.

Micah veio correndo da escuridão, arrastando um saco atrás de si. "O último deles deixou cair isso! O saco deslizou da sela dele e ele nem mesmo notou."

"Então pelo menos nós temos alguma coisa pelo que sermos gratos", disse Ama, enquanto analisava o que poderia ser salvo ali.

Um saco de aveia.

Eu não seria grata por isso! E eu nunca mais deixaria de agir novamente quando houvesse uma faca ao meu alcance.

CAPÍTULO 18
A ORIGEM DO AMOR

JAFIR

s festividades duraram até tarde da noite. Eles empilharam os espólios nos alojamentos, comeram o que havia sobrado do javali e beberam generosamente da bebida de Harik. Fergus estava de bom humor, olhando para a pilha. "Nosso clã vai embora amanhã", disse ele como se, com esse tanto de prêmios, nunca fosse haver um momento melhor. Mas Harik olhou para a pilha também. Uma boa parte era dele. Ele e seus homens passariam a noite conosco e depois seguiriam novamente para sua fortaleza, do outro lado do rio, pela manhã. Com a maré alta, era perigoso demais cruzá-lo à noite. A água já se agitava em sua extensão.

Eu me deitei no meu saco de dormir, erguendo o olhar para o céu entre as vigas abertas. A exaustão me abalara com tudo. Todas as minhas partes tinham ficado tensas e preparadas para o ataque por horas. Eu tinha feito tudo que eu podia para desviá-los do caminho, até mesmo dizer que eu tinha avistado fogueiras em direções opostas. Mas, quando o forte cheiro do javali que estava sendo assado foi carregado pelo ar na nossa trilha, não havia como pará-los.

Meus músculos haviam se retesado em nós, observando tanto Harik quanto Steffan, sem saber ao certo o que eles fariam. Observando a eles todos.

E então observando Morrighan. Os olhos dela. Sua expressão.

Eu odeio você, Jafir...
Vou odiá-lo até meu último suspiro.

Fechei os olhos.

Nós estávamos de partida. Ela ficaria grata por isso. Ela nunca mais teria de me ver novamente.

Mas eu a veria sempre. Até o dia de minha morte, sempre seria o rosto dela que eu veria quando fechasse os olhos à noite, e seria o rosto dela novamente que eu veria quando eu acordasse todas as manhãs. Eu me forçaria a esquecer as últimas palavras que ouvi de seus lábios. Eu me lembraria de outras.

Eu amo você, Jafir de Aldrid. Palavras que, agora, eu tinha certeza de que nunca havia feito por merecer.

Por fim eu caí no sono, logo antes da alvorada, e acordei tarde. Quando fui lá para fora, Steffan estava estirado no chão, desmaiado e com as pernas abertas na entrada, ainda fedendo ao fermentado de Harik.

CRÔNICAS DE MORRIGHAN

Passei por cima dele e vi Laurida e Glynis embalando pertences, prendendo muitos deles nas peles que havíamos roubado na noite passada. Lá embaixo, perto do cercado, eu vi outros carregando cavalos com mais mercadorias.

"Fergus quer sua ajuda com as provisões lá nos alojamentos", disse Laurida. Quando lá cheguei, ele estava sozinho, colocando os suprimentos em pilhas.

"Onde estão Harik e seus homens?", perguntei.

"Eles se foram." Fergus não olhou para cima, ainda consumido com as cargas, com os olhos pesados devido ao pouco sono.

Olhei para as provisões. Estava tudo ali ainda. "Harik não pegou a parte dele?"

"O presente dele para nós. Eu acho que ele ficou relutante em partir sem nada, mas a menina era o bastante. Ele nos agradeceu por encontrá-la."

Eu estava grogue pela falta de sono e achei que tivesse perdido alguma coisa. "O que você quer dizer com a menina era o bastante?"

"Ele acha que ela tem o saber, que nem a avó dela. Ele foi buscá-la antes de cruzar a ponte."

"Ele está indo pegá-la? Agora?"

"É o direito dele. Ela é..."

"Não!" Balancei a cabeça, virando-a em todas as direções, tentando me focar. *Pense, Jafir.* "Não. Ele não pode..."

"Pare de latir como se fosse um coiote ferido!", disse Fergus, irritado.

Eu girei para ficar cara a cara com ele. "Há quanto tempo ele foi embora?"

"Há uma hora. Talvez mais." Ele ficou fitando as mercadorias roubadas e começou a me falar sobre como as dividiria entre os cavalos. "Junto com nossas próprias provisões, haverá o bastante para..."

Eu apanhei um grande saco de grãos, puxando-o de uma pilha. "Eu preciso disso!" Ele se moveu para me impedir, e eu o empurrei para longe. "Eu vou pegar isso. Vá para trás!"

Os olhos dele encheram-se de descrença e, depois, de raiva. Eu nunca o havia desafiado antes. Ele lançou-se para cima de mim, e eu desferi um golpe nele, acertando seu maxilar e o derrubando no chão. Ele ficou lá deitado, inconsciente com o golpe. Eu apanhei o saco de grãos e fui correndo até o meu cavalo sem olhar para trás.

19
CAPÍTULO
A ORIGEM DO AMOR

MORRIGHAN

"Você é puro osso! Pare de lutar comigo ou vou arrastar você por uma corda atrás de nós!" Harik fechou com força a mão em volta de meu braço, e minha respiração falhou com a dor. Assenti para que ele parasse. Eu já havia implorado, suplicado e gritado, chamando Ama, que havia se esforçado para nos seguir. Ela estava muito atrás de mim agora. Nada haveria de dissuadi-lo.

Eu cavalgava na frente dele em seu cavalo, e dois homens quase tão grandes quanto Harik estavam ao nosso lado, com mais dois trotando atrás. O peito de Harik era uma parede maciça nas minhas costas, e seus braços curvavam-se em volta de mim para segurar as rédeas, aprisionando-me como se fosse um grilhão gigantesco. Soluços mesclados com choro ainda estavam presos em minha garganta.

"E pare com esse barulho!", ele ordenou. "Eu sou seu pai!"

"Você não é meu pai", falei, fervendo de ódio. "Você não é nada!"

"A velha envenenou você contra mim."

"Não precisou de nenhum veneno. Você fez por merecer meu ódio totalmente por si só."

"Morrighan", disse ele, não para mim, mas sim para o ar. Ele grunhiu um suspiro baixo, como se o nome lhe trouxesse pesar. "Ela escolheu esse nome muito tempo antes de você nascer. Eu gostava muito de sua mãe."

Apertei os olhos e os fechei. Eu não queria ouvi-lo falando de minha mãe. Cuspi para o lado, desejando que eu pudesse me virar e acertar o rosto dele. "Você gostava tanto dela que roubou minha tia também?"

"Eu não roubei nenhuma das duas. Venda veio por livre e espontânea vontade, e sua mãe nunca deixou a tribo. Ela se encontrava comigo em segredo. Nenhum de nós sabia que o coração dela era fraco demais para carregar uma criança."

"Eu não quero ouvir mais nada", falei.

"Afaste de si a verdade, se assim o desejar, mas você tem que encarar o fato..."

"A verdade?", berrei. "A verdade é que você enganou a minha mãe! Você a enganou! Assim como você enganou Venda!"

Eu senti o peito volumoso dele erguer-se junto às minhas costas, em uma respiração profunda e cheia de raiva. "Essa é a verdade de Gaudrel. A minha verdade é outra. Fique em silêncio agora, menina. Estou cansado de sua conversa. Você contribuirá para a minha casa deste dia em diante. Isso é tudo que você precisa saber."

Um dos homens dele, Galen, soltou uma bufada, como se Harik já tivesse permitido que eu falasse demais. Eu era menos do que uma prisioneira para eles. Eu era uma propriedade. Mas eu sabia que eu era uma outra coisa também. Algo tão vergonhoso que nem mesmo Ama falaria sobre isso.

Eu era um deles. Meio abutre. Tinha sido por isso que ela havia mentido, dizendo que meu pai estava morto? Será que ela havia esperado que, apagando-o da minha memória, ela poderia apagá-lo do meu sangue também? Será que havia alguma parte minha — parte dele — que sempre correria perigo de vir à tona? Minha pele ficou arrepiada só de pensar nisso, e eu desejei que pudesse banir da minha cabeça o conhecimento de que ele era meu pai. A fortaleza do outro lado do rio crescia ao longe, ruínas hediondas que logo seriam minha casa. Eu pensei no meu último vislumbre de Ama esticando as mãos na minha direção e lágrimas encheram meus olhos novamente.

Nós estávamos fazendo uma maca para carregarmos Pata quando eles vieram. Dentro de uma hora, nós teríamos ido embora, ninguém havia esperado uma visita de volta assim tão cedo. Nós nada mais tínhamos que pudesse ser tomado — pelo menos era isso o que havíamos pensado. Eu já tinha refreado minhas lágrimas a manhã toda. A visão de

Jafir saltava repetidamente pelos meus pensamentos, o lampejo de eventos girando, as palavras dele, tão tensas e medidas: *Você está me entendendo? Agora, vá para trás.* Alguma coisa nelas não parecia certa, não se encaixava com todo o resto.

Outro dos homens de Harik, Lasky, diminuiu a velocidade de seu cavalo e ficou alto em seus estribos, apertando os olhos para ver ao longe. "Alguém está vindo", disse ele. Todos eles pararam, e nós nos viramos para olhar para o cavaleiro que corria pelo solo infértil, deixando uma longa trilha de poeira atrás dele. Balancei a cabeça, confusa. Eu sabia quem era. *O que ele estava fazendo?*

O bruto voltou a sentar-se em sua sela. "Um do clã de Fergus."

Harik deslizou de sua sela e me puxou para baixo com ele, anunciando que faríamos uma pequena parada enquanto esperávamos pelo mensageiro de Fergus. Ele empurrou um cantil de pele com água para mim, mas eu o recusei. "Você beberá mais cedo ou mais tarde. E vai me agradecer por isso."

"Eu nunca vou lhe agradecer por nada."

Suas sobrancelhas foram puxadas para baixo, com dureza, como se a paciência dele estivesse esgotada, com seu peito inflando, e eu pensei que ele pudesse me bater, mas então ele fez uma pausa, estudando-me, e alguma outra coisa passou pelos olhos dele. Ele piscou e desviou o olhar. Eu me perguntava se ele havia visto minha mãe quando olhou para mim. Ama disse que eu parecia com ela, exceto pelos meus cabelos.

CRÔNICAS DE MORRIGHAN

O selvagem som oco dos cascos do cavalo desceu sobre nós, e Jafir recuou, fazendo com que seu cavalo parasse rapidamente. Ele deslizou de sua sela, mas evitou o meu olhar, olhando apenas para Harik. Ele não perdeu tempo em fazer com que ele soubesse qual era o propósito de sua visita. "Eu vim para fazer uma troca. Eu tenho um saco de grãos para trocar por ela."

Harik ficou encarando-o e, depois, por fim, deu risada, percebendo que Jafir estava falando sério. "Um único saco de grãos? Por ela? Ela é bem mais valiosa do que isso."

O fogo nos olhos de Jafir derreteu-se. "É tudo que eu tenho. Você vai aceitar."

Seguiu-se um momento tenso de respirações contidas e então risadas baixinhas vindo dos homens de Harik, cujas mãos foram para suas espadas, ansiosos para sacarem-nas de suas bainhas. Fiquei encarando Jafir, que estava com os pés plantados no chão como se nada pudesse tirá-lo do lugar. Tudo que ele carregava na lateral do corpo era uma adaga. Ele havia enlouquecido? *Eu poderia cortar o meu próprio coração antes de permitir que qualquer dano caísse sobre você.*

"Você está ouvindo o que você está dizendo, menino?", perguntou-lhe Harik. "Ainda está bêbado da noite passada?"

"Eu não estou bêbado. Estou esperando."

"E se eu não fizer a troca, então?"

Jafir levou a mão à adaga que estava na lateral de seu corpo, pousando-a ali, mas de forma ameaçadora.

"Você é um homem razoável. E você conhece o valor. Você sabe o que é melhor. Você pegará os grãos."

Harik esfregou o queixo como se achasse divertida a audácia de Jafir, e sua outra mão enrolou-se no cabo de sua espada embainhada. Inspirei o ar, sufocando um gemido. Harik voltou seu olhar para mim. Eu não conseguia respirar. Ele me estudava, com sua expressão impossível de ser interpretada, e então ele finalmente rosnou, balançando a cabeça. "Então é assim."

Ele voltou a olhar para Jafir, com linhas profundas franzindo seu cenho. "Você é um tolo, menino. Estou saindo com o melhor na barganha. Ela é encrenca, essa daqui. Faça como quiser! Pegue-a!"

Ele me empurrou na direção de Jafir, e eu fui cambaleando para a frente, quase caindo aos pés dele. Consegui me equilibrar e olhei para trás, para Harik, com incerteza, perguntando-me se aquilo seria algum truque.

Os olhos dele demoraram-se em mim, e então, abruptamente, ele virou-se para Lasky e berrou: "Pegue os grãos do cavalo dele e vamos!"

Eu fiquei observando enquanto eles iam embora em seus cavalos, galopando na direção da ponte.

"Suba no meu cavalo, Morrighan", Jafir me ordenou, de trás de mim. "Nós não temos muito tempo."

Eu girei, encarando-o, ele, cujos olhos ainda estavam cheios de fogo. A fúria acendeu-se novamente em mim, e minha mão voou na direção do rosto dele. Ele levou a mão para cima, pegando meu pulso no ar. Nossos braços forçavam um ao outro, nossos olhares

CRÔNICAS DE MORRIGHAN

travados um no do outro, e então ele me puxou para si, abraçando-me com força, eu com meus ombros tremendo, o peito dele molhado com minhas lágrimas. "Eu não tive escolha, Morrighan", ele sussurrou. "Eu tive que ir com eles. Steffan contou a eles sobre você. Eu tentei desviá-los do caminho certo, mas eles sentiram o cheiro do javali que estava sendo assado."

Ele ficou enrijecido e me empurrou para longe dele. Seus ombros foram para trás. Ele parecia diferente para mim. Distante. Mais velho. Havia linhas em seus olhos que não tinham estado lá ontem. "Eu vou levar você de volta para o seu acampamento agora."

"Então você não está me comprando com meu próprio saco de grãos?"

As narinas dele ficaram dilatadas. "Você nunca mais terá que me ver de novo depois de hoje. Eu sabia que você ficaria feliz ao saber disso. Estou indo embora com o meu clã. Eles ainda precisam de mim."

Fiquei encarando-o, com uma nova dor abrindo caminho por mim. Minha boca se abriu, mas nenhuma palavra se formava. "Você está indo embora", repeti por fim.

"Isso não pode ser tudo o que existe", disse ele. "Isso não é jeito de se viver. Tem que haver um lugar melhor do que esse. Em algum lugar. Um lugar onde as crianças do meu clã possam ter uma vida diferente da que eu tive." Ele cerrou o maxilar e disse ainda, em um tom mais duro: "Um lugar onde alguém

114

possa se apaixonar por quem quiser e que não se envergonhe disso".

Ele pegou a guia de seu cavalo e fez um movimento para que eu subisse nele.

Tudo que eu queria era voltar para a tribo, mas fiquei hesitante, sentindo um estranho cutucão, as últimas palavras dele se assentando em alguma cavidade esquecida em mim. Em algum lugar. Ele fez um movimento de novo, impaciente, e eu deslizei o pé para dentro do estribo. Ele subiu atrás de mim, esticando a mão ao meu redor para segurar as rédeas, como ele havia feito tantas vezes, mas agora seus braços pareciam rígidos junto à minha pele, como se ele estivesse tentando não me tocar. Nós cavalgamos em um silêncio incômodo. Eu pensei nos grãos que ele havia trocado por mim. Meus grãos. Não dele. Eu tinha direito de estar com raiva. Eu nada devia a ele. Mas ele não havia me traído.

Não do jeito que eu pensei que ele tivesse me traído. Eu me apressei a pensar o pior dele.

E logo agora ele havia arriscado a sua vida para me libertar de Harik.

Ele estava indo embora. Hoje.

"É perigoso do outro lado das montanhas", eu o lembrei disso.

"É perigoso aqui", foi a resposta dele. Eu me apoiei em seu peito, forçando-o a me tocar. Ele pigarreou. "Piers disse que ele viu um oceano além das montanhas quando ele era um menino."

CRÔNICAS DE MORRIGHAN

"Ele deve ter a mesma idade da Ama se ele se lembra disso", comentei.

"Ele não se lembra de muita coisa. Só do azul. Vamos procurar por isso."

Azul. Um oceano que poderia nem existir mais. Era uma busca de tolos. E, ainda assim, as memórias de Ama haviam alimentado meus próprios sonhos.

Existem mesmo esses jardins, Ama?

Sim, minha criança, em algum lugar. E um dia você os encontrará.

Em algum lugar. Coloquei para trás os cabelos que estavam chicoteando o meu rosto e olhei para a frente, para a paisagem árida e açoitada pelo vento. Não, eu nunca vou encontrar esses jardins, e Jafir nunca encontrará seu azul. Ele e o clã dele nunca conseguiriam. Todos eles morreriam. Em breve. Eu senti a palavra ardendo em minhas entranhas com tanta certeza quanto eu sentia o peito de Jafir nas minhas costas. Eles iam morrer.

"Jafir..."

"O que foi?", ele respondeu, com firmeza, como se ouvir mais alguma discussão vinda de mim fosse demais para ele aguentar.

Não há futuro para nós, Morrighan.

Nunca poderá haver.

Balancei a cabeça. "Nada."

Eu havia acreditado uma vez que pudesse haver um jeito para nós, mas agora isso parecia tão perdido e distante quanto um dos jardins de Ama.

CAPÍTULO 20
A ORIGEM DO AMOR

MORRIGHAN

ós a vimos ao mesmo tempo. Era uma nuvem de poeira que se erguia atrás de uma pequena colina e, em segundos, a nuvem tornou-se alguma outra coisa. Uma caravana. Cavalos carregados com trouxas. Parecia uma pequena cidade, embora eu já soubesse os números. Jafir havia me falado. Vinte e sete, oito dos quais eram crianças. Sete soltaram-se do bando, uma tempestade selvagem de cascos, músculos e loucura vindo em nossa direção.

Jafir puxou as rédeas para trás e murmurou um xingamento. Eles pararam, nos cercando.

"Desçam", ordenou um deles.

Jafir sussurrou o nome dele para mim. Era Fergus, seu pai. Deslizei da sela, e Jafir fez o mesmo em seguida. "Fique atrás de mim", ele me ordenou. Mas eles moviam-se como um habilidoso bando de lobos, posicionando-se em círculo ao nosso redor. Meu coração socava meu peito.

Sem aviso prévio, Fergus lançou-se para a frente, com seu punho cerrado voando pelo ar, batendo em Jafir e fazendo com que ele fosse para trás, para os braços de dois outros homens. Eles o seguraram para que não caísse. O sangue jorrou da boca de Jafir.

Eu gritei e saí correndo na direção dele, mas Steffan me segurou pelos braços, puxando-me para trás.

"Onde estão os meus grãos?", Fergus gritou para Jafir, com o rosto contorcido pela raiva.

"Dei-os a Harik. Já foi."

Fergus olhou para mim, esbugalhando os olhos. "Por ela?", ele gritou, descrente. "Você deu os grãos a ele em troca dessa garota?"

Jafir limpou a boca com o dorso da mão. "Eu e ele fizemos um trato. Você, por honra, tem que aceitá-lo. Deixe-a ir, ou você desafiará Harik."

Um ranger de dentes contorceu o rosto de Fergus. "Honra?" Ele riu e veio andando até mim, colocando o rosto perto do meu. O hálito dele estava azedo, e seus olhos eram lascas de vidro preto. "Você tem o saber, menina?"

Fiquei hesitante, não sabendo ao certo o que deveria dizer. Eu não devia a verdade a esse homem. O olhar de Jafir travou-se no meu, e eu vi a miséria em seus olhos. Ele balançou levemente a cabeça. *Não.* Se eu não tivesse qualquer valor, eles ainda poderiam me deixar ir.

Olhei para a multidão que se reunia atrás dele. O restante do clã tinha chegado e se juntado a eles, um mar de olhos e olhares fixos e emaciados. Um bebê chorou. Uma outra criança choramingou.

Logo. Isso apertou meu peito. *Daqui a quatro dias.*

"Responda-me!", berrou Fergus.

"Não", sussurrei.

Ele soltou o ar, sibilando, frustrado, e segurou no meu queixo, virando-o para um lado e então para o outro. Ele olhou para Steffan, que me segurava. "Serve bem para esposa. Ela é sua, Steffan. Ela deve conseguir lhe dar um pirralho ou dois... meus grãos não serão desperdiçados."

"Não!", gritei. "Eu não vou..."

O rugido de Jafir veio logo em seguida a meu grito. "Você não pode desafiar Harik! Ele..."

Fergus girou socando a barriga de Jafir, e a força do golpe foi veemente e brutal, fazendo com que os homens que seguravam Jafir tropeçassem um passo para trás. Ele o atingiu novamente em suas costelas. Eu gritei para que ele parasse. A cabeça de Jafir pendeu para o lado, seus pés caindo embaixo dele. Apenas os homens que seguravam seus braços, um de cada lado, impediam-no de cair no chão. Jafir tossiu, cuspindo sangue.

"Como você me desafiou?", berrou Fergus. Ele agarrou os cabelos de Jafir, puxando sua cabeça para trás, de modo que Jafir tinha de olhar para ele. Os olhos de Jafir continuavam desafiadores.

"Você traiu o clã", grunhiu Fergus. "Você me traiu. Você não é filho meu. Assim como Liam não era meu irmão." Ele sacou sua faca e a manteve junto ao pescoço de Jafir.

CRÔNICAS DE MORRIGHAN

"Não!", eu gritei. "Espere!"

Fergus voltou a olhar para mim.

"Harik estava certo! Eu tenho sim o saber, e ele é forte em mim!", falei. "Eu guiarei vocês em segurança pelas montanhas e bem além delas, mas apenas com uma condição: eu faço isso como esposa de Jafir, não de Steffan."

"Cala a boca!", berrou Steffan, chacoalhando-me.

Fergus abriu um sorriso de zombaria.

"Olhe para você, menina. Você não está em posição alguma de dispor de condições. Você nos guiará pelas minhas ordens."

Uma mulher foi se espremendo para passar pelos outros, colocando uma das mãos no ombro de Fergus. "Dê a ela o que ela quer, Fergus. Se ela não tiver nenhuma esperança para o fim da jornada, o que a impedirá de nos guiar para o perigo?"

"Ou de nos abandonar para morrermos no meio do caminho em meio ao descampado?", disse uma outra mulher. Um ribombo de medo percorreu o restante do clã.

"Caladas!", berrou Fergus, acenando com a faca no ar. "Ela fará o que eu disser se quiser viver!"

Você fará o que eu disser, se quiser viver, eu queria dizer a ele. *Eu já vi vocês todos mortos dentro de apenas quatro dias.* Mas eu contive minha língua, porque os movimentos dele eram erráticos, e a faca ainda estava sendo acenada em sua mão.

Um homem deu um passo à frente. Ele era mais alto e mais velho do que Fergus. "Seria bom para todos nós que tivéssemos alguém da espécie dela guiando o caminho", disse ele. "Mas Laurida está certa, se a menina não tiver nenhuma esperança por recompensa, isso poderia muito bem ser nossa própria perdição."

Fergus deu vários passos, como se estivesse pesando as palavras do homem, e embainhou sua faca. Ele inspecionou o clã e seus olhares de relance carregados de preocupação, e então veio andando de volta na minha direção, passando os dedos nos cabelos em meu ombro. "Muito bem, Morrighan dos Remanescentes. Eu farei um trato com você. Se você nos conduzir em segurança até um lugar de onde eu goste e me deixar satisfeito com sua utilidade ao longo do caminho, no final da jornada você será esposa de Jafir. Senão, será de Steffan. Você concorda com isso sem discutir?"

Eu sabia que de jeito algum eu haveria de deixar esse homem satisfeito. Ele nunca cederia à minha condição, mas não havia algo mais que eu pudesse fazer. Se eu concordasse, isso daria a mim e a Jafir mais tempo... e talvez a todos aqueles que estavam atrás de Fergus também.

"Sim", foi minha resposta.

Ele falou para Steffan me soltar, e então se virou para os homens que estavam segurando Jafir e assentiu. Eles soltaram seus braços, e ele caiu no chão, tossindo. Fui correndo até ele e caí a seu lado. Sua respiração saía trêmula, e ele segurava as costelas. Eu aninhei sua cabeça em meu colo, limpando o sangue de sua boca com minha camisa.

"Morrighan", ele começou a protestar, mas eu coloquei um dedo nos lábios dele. Ele sabia o mesmo que eu. Que o pai dele nada me daria.

"Shhhhh", sussurrei. Minha visão ficou turva com as lágrimas, e eu me inclinei mais para perto dele, de modo que eu teria certeza de que ninguém me ouviria. "Por ora, esse é o jeito. Um jeito para nós. Eu amo você, Jafir de Aldrid. Eu sempre amarei você."

Voltei a olhar para Fergus. Ele e Steffan já estavam lado a lado, e seus olhos brilhavam com a vitória. O clã estava acalmado, e ele ainda conseguiria o que queria. Porém, por ora, esse acordo, por mais transitório que fosse, comprou mais tempo para mim e para Jafir. A única coisa certa era que, no fim dessa jornada, eu seria a esposa de um Aldrid.

Capítulo 21
A ORIGEM DO AMOR

MORRIGHAN

u tinha dezoito anos quando nós chegamos a um lugar para ficar. Um lugar onde frutos do tamanho de punhos cerrados pendiam de árvores e uma linha de azul profundo estendia-se pelo horizonte até tão longe quanto alguém podia ver.

Fora uma longa jornada. Uma grandeza terrível atravessava a terra, algo que nenhum de nós poderia ter imaginado. A imensidão uivava com a desolação, carregando os gritos dos mortos.

Às vezes a comida era tão escassa quanto a coragem. Havia dias em que eu os mantinha vivos com grama, cascas de árvore e falsas esperanças. Eu mentia para mantê-los seguindo em frente mais um passo. Eu contava às crianças histórias para distraí-las de seus medos. Fosse um deus ou fossem quatro deuses, eu não sabia, mas eu invocava quem quer que fosse me ouvir. Eles sussurravam em resposta a mim. Nos ventos, em um cintilar de luz, cores brincando atrás das minhas pálpebras, palavras fazendo cócegas no meu pescoço e aninhando-se em minhas entranhas. Continue em frente. Meus modos eram silenciosos, suaves, um confiar e um ouvir que às vezes não eram rápidos o bastante para impedir que Fergus descesse a mão. Se não fosse o meu rosto sofrendo o custo, era o de Jafir ou o de qualquer um que estivesse à distância do golpe dele.

Eu vivenciava o luto pela falta de gentileza da minha tribo, e às vezes eu achava que não conseguiria continuar, mas Ama estava certa. Era nas tristezas, no medo, na necessidade que o saber ganhava voo, e eu tinha muito de tudo isso. Eu me lembrava da menina de oito anos que eu tinha sido, aquela que havia se acovardado entre penedos esperando para morrer. Nos anos que passei com a tribo, eu havia achado que entendia o medo. Eu havia achado que eu conhecia a perda.

Não.

Não da forma como eu conheço e sei agora.

O desespero ganhou dentes. Garras. Tornou-se um animal dentro de mim que não conhecia qualquer limite, algo indizível, tal como Jafir havia tentado me explicar há tanto tempo. Ele rasgava e abria os meus pensamentos mais sombrios, deixando que se desenrolassem como asas pretas.

Quando o fim da jornada estava à vista, Fergus disse o que eu sabia que ele diria o tempo todo. Que eu seria esposa de Steffan. Que Jafir pagaria com a carne por sua traição. Pois se Fergus fosse me dar aquilo pelo que eu havia barganhado, seria a mesma coisa que ceder poder, e poder era tudo que importava para ele, especialmente agora que eu havia lhe dado um novo mundo e que um recomeço fresco e sem limites estava ao alcance dele.

Não havia qualquer dúvida em minha mente sobre o que eu haveria de fazer. Eu havia planejado isso por meses. Matei Steffan primeiro. Ele havia me puxado possessivamente para longe quando Fergus anunciou sua decisão, porém, em uma virada rápida e ensaiada, eu enterrei minha faca a fundo na garganta dele, e ele ficou lá arfando por ar, em vão. Quando Steffan caiu morto aos meus pés, Fergus pulou para cima de mim, mas Jafir estava em prontidão e derrubou o pai com um rápido golpe em seu coração. Ninguém lamentou a perda de Fergus ou de Steffan, e Piers declarou Jafir chefe do clã.

"Pronto", Jafir havia dito por fim quando ele viu as colinas verdes e as vinhas de frutas. "Isso tudo é seu, Morrighan. Você nos trouxe até aqui."

Ele esticou a mão e apanhou um punhado do amplo céu azul, depois colocando-o na palma da minha mão.

"Nosso, Jafir", eu respondi.

Eu me prostrei de joelhos e chorei por todos os dias, as semanas, os meses... e pelos perdidos... aqueles que não terminaram a jornada conosco. Laurida, Tory e o bebê, Jules. Eu chorei por aqueles que eu nunca mais veria novamente. Ama e minha tribo. Eu chorei pelas crueldades.

Jafir ajoelhou-se ao meu lado, e nós demos graças, rezando para que esse fosse realmente o fim,

CRÔNICAS DE MORRIGHAN

rezando para que esse fosse o novo começo que havíamos buscado.

Nós nos levantamos e ficamos observando enquanto o clã corria na nossa frente para dentro do vale que haveria de se tornar nosso lar. Jafir pressionou com a mão o montículo que crescia em minha barriga e sorriu.

Nossa esperança.

"Nós fomos abençoados pelos deuses", disse ele. "As crueldades do mundo estão para trás de nós agora. Nosso filho nunca as conhecerá."

Eu cerrei os olhos, querendo acreditar nele. Querendo esquecer o sangue que tinha sido derramado por nossas mãos, querendo acreditar que poderíamos começar do zero, tal como minha tribo havia feito naquele pequeno vale há tanto tempo, querendo acreditar que dessa vez nossa paz haveria de durar.

E então eu ouvi uma voz familiar no vento, uma voz que eu tinha ouvido tantas vezes, chamando-me.

Dos quadris de Morrighan,
Nascerá a esperança.

Logo depois veio um nome sussurrado, que sempre estava logo além do meu alcance, que não era meu ainda para ouvir, mas que eu sabia que um dia os filhos de meus filhos ou aqueles que viessem depois haveriam de ouvir.

Um dia a esperança teria um nome.

MARY E. PEARSON é uma premiada escritora do sul da Califórnia, conhecida pela trilogia *Crônicas de Amor e Ódio* e por seus outros sete livros juvenis — entre eles a série popular *The Jenna Fox Chronicles*. Mary é formada em artes pela Long Beach State University, e possui mestrado pela San Diego State University. Aventurou-se em trabalhar como artista por um tempo, até receber o maior desafio que a vida poderia lhe proporcionar: ser mãe. Adora longas caminhadas, cozinhar e viajar para novos destinos sempre que tem a oportunidade. Atualmente, é autora em tempo integral e mora em San Diego, junto com seu marido e seus dois cachorros. Saiba mais em marypearson.com.

darklove

Copyright © 2016 by Mary E. Pearson
All rights reserved.
Todos os direitos reservados

Tradução para a língua portuguesa
© Ana Death Duarte, 2017

Os personagens e as situações
desta obra são reais apenas no universo
da ficção; não se referem a pessoas e fatos
concretos, e não emitem opinião sobre eles.

Diretor Editorial
Christiano Menezes

Diretor Comercial
Chico de Assis

Gerente de Novos Negócios
Frederico Nicolay

Editores
Bruno Dorigatti
Raquel Moritz

Designers Assistentes
Marco Luz
Pauline Qui

Design e Capa
Retina 78

Revisão
Amanda Cadore
Isadora Torres

Impressão e acabamento
Gráfica Geográfica

DADOS INTERNACIONAIS DE CATALOGAÇÃO NA PUBLICAÇÃO (CIP)
Angélica Ilacqua CRB-8/7057

Pearson, Mary E.
 Crônicas de Morrighan: a origem do amor / Mary E. Pearson ; tradução de Ana Death Duarte. — Rio de Janeiro : DarkSide Books, 2017.
 128 p. (Crônicas de amor e ódio ; 0,5)

 ISBN: 978-85-9454-058-4
 Título original: Morrighan: A Remnant Chronicles Novella

 1. Literatura norte-americana 2. Fantasia
 I. Título II. Duarte, Ana Death

17-1342   CDD 813

Índices para catálogo sistemático:
 1. Literatura norte-americana

[2017]
Todos os direitos desta edição reservados à
DarkSide® Entretenimento LTDA.
Rua do Russel, 450/501 - 22210-010
Glória - Rio de Janeiro - RJ - Brasil
www.darksidebooks.com